偶然助けた美少女がなぜか俺に懐いてしまった件について

About the case where the beautiful girl I rescued by chance became attached to me for some reason.

「いつも桐島さんは美味しそうにパンを頬張るので、興味が湧きました」
「……悩ましいですね」
超甘口
THE
カレーパン
MARKⅡ

「当たりました！
見てくれましたか！」
「次で絶対
ホームラン打ちます。
見ててください！」
学年一の
美少女・
三上陽菜に
よって、
桐島 玲のいる場所、過ごす時間は
どんどん侵略されていく――！

（……すごい。
この後ろから
ぎゅっとされてる感じ……
やみつきになってしまいそうです）

偶然助けた美少女がなぜか俺に懐いてしまった件について

桜ノ宮天音

FB
ファミ通文庫

イラスト／うなさか

About the case where the beautiful girl I rescued by chance became attached to me for some reason

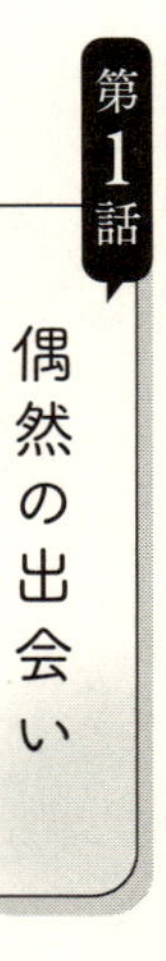

四時間目の授業の終わり、そして昼休みの始まりを告げるチャイムが鳴る。

眠気、空腹などに耐えながら授業を乗り切った者達は、仲のいい者同士で集まって食事の準備を始め、僅(わず)かな安息の時間を謳歌(おうか)し始める。

そんな中、俺は机の横にかけられたスクールバッグを漁(あさ)り、レジ袋を引っ張り出すとそそくさと教室を抜け出し、ある場所へと向かった。

俺が向かう場所は校舎裏にあるベンチ。そこでぼっち飯(めし)としゃれこむわけだ。

高校に入学してまだ二週間程度なのに、俺が昼休みをこのように過ごすようになったのにはある理由が存在する。

入学式を風邪(かぜ)で欠席し、その後三日間休んでしまったことだ。

体調が回復していざ登校してみればクラスメイト達から向けられる「誰、お前」という視線。そして三日という時間は新たなグループを形成するのには十分過ぎる時間。

何を言いたいかというと、高校デビュー大失敗ということだ。

正直こんなはずではなかった。

俺は地元から少し離れたここを進学先に選んだ。残念ながら中学からの友人はいないため、友達作りも一からとなる。

高校では友達を作って陽キャ生活……とまではいかなくても、それなりに充実した生活を送りたいと意気込んでいたが、ものの見事にスタートダッシュから失敗してしまった。

新天地で送る高校生活でこのやらかしは大きかった。

皆が初顔合わせという同じ条件であれば、挨拶したり、自己紹介したりと自然な会話から打ち解けるなんてこともあったかもしれないが、その機会はとっくに過ぎ去ってしまった。

自分から話しかける勇気があればこの状況を変えられたのかもしれないが、しっかりと俺の人見知りは発動してしまい……あれよあれよと時間だけが過ぎ、今に至るというわけだ。

一緒に昼飯を食べる友達もできず、かといって一人で食べていると自意識過剰なのかもしれないが、周りから見られているようで気が休まらない。

そんな居心地の悪い空間で休息の時間を過ごすのはごめんなので、こうしてわざわざ移動して人気のないところで過ごしているわけである。

しかし、実を言うとこのぼっち飯、そんなに悪くないなと思い始めている。一人は気楽でいいし、意外と気が休まる。

校舎裏ということで人はめったに来ない。それでいて日当たりもよく非常に過ごしやすい。

昇降口で靴(くつ)を履(は)き替(か)えてマイランチスポットへと急ぐ。

そこの角を曲がれば目的地は目前という所で――――。

「こんなところに呼び出しちゃってごめんね」

「いえ、大丈夫です。それで、用件は何でしょうか?」

そんなやり取りが聞こえて、俺は踏(ふ)み出(だ)そうとしていた足を反射的に引っ込めて隠れるように壁に張り付いた。

うお、びっくりした。何だってこんなところで……って俺も人のこと言えないか。

それにしてもこの状況……こんな人気のないところで男女が二人っきりってなったらあれしかないよな……。

「あの、一目見たときからかわいいなって思ってました。よかったら俺と付き合ってくれませんか!」

ほら、やっぱりね。

このシチュエーション、それ以外ありえない。

ん、一目見たとき?

その言葉に気になった俺は向こうの二人にバレないように覗(のぞ)き見(み)る。

視力のいい俺は遠目でも二人の校章の色を確認できた。

校章の色は俺と同じ青色、つまり二人も入学したての一年生。

男の方は文字通りの意味で一目惚れして告白したということだろうか。

ちらっと見た感じさわやか好青年といった感じで、男の俺でもイケメンだと思う。

これはどうだ？

どう返事するんだ？

「ごめんなさい。あなたのことをよく知らないですし、興味ありません」

バッサリ。一刀両断だ。

仮に同じクラスの女の子だったとしてもまだ二週間の付き合い、そうじゃなかったとしたら一方的に知っているという関係性。

たとえ顔がよかったとしてもよく知りもしない相手からの告白は受けられなくて当然か。

「用件はそれだけですか？　昼休みも短いので失礼させて頂きますね」

「ちょ、待ってよ」

「まだ何か？」

「じゃ、じゃあさ、連絡先交換して友達から始めよう？　俺のこと知らないからっていう理由ならこれからちょっとずつ知ってもらって俺のこと好きにさせてみせるから……！」

「意味が分かりませんし、興味のないあなたと連絡先を交換する必要性を感じません」

おっと、取り付く島もない感じか……。

まあ、女の子の側からすればこの時点で男は友達でも何でもないただの他人だ。そんな男と連絡先を交換したいと思わないのも仕方ないし、さらに友達になる大前提みたいな話し方をされると拒否するのも仕方ない。

しかし……結構粘るな。

女の子の反応から現時点で脈がないのは一目瞭然だし、今は一旦退いた方がいいんじゃないだろうか。

俺も早く昼飯食べたいし。

「くそっ、下手に出てやってりゃ調子に乗りやがって……この俺が付き合えって言ってるんだから黙って付き合えばいいんだよ……！」

「きゃっ、痛っ。放してください」

早くこの二人がどっか行かないかな——と呑気に思っていたら、何やら危なそうな雰囲気だ。再び建物の陰から覗いてみると、男が激昂して女の腕を掴んでいる。

男の方は自分の告白が断られる可能性を微塵も考慮していなかったのだろう。

それでいざ告白してみれば見事な玉砕。妥協案を出してみるもそれすら即座に却下される始末だ。

だが、自分の思い通りに事が進まなかったからといって、暴力的な手段に出るのは間違っている。

ちっ、人気がない校舎裏だから通りかかる人に助けを求めることもできない。

このままでは俺のランチタイムが胸糞悪い時間で終わってしまう……何とかしなければ。

「……羽田野先生、こっちです！　早く来てください！」

俺はこれまでに出したことのないような大きな声を張り上げる。

名前を借りたのは生活指導の羽田野先生……らしい。

実のところ、入学式やガイダンスを欠席した俺は羽田野先生がどんな先生なのかも分かっていない。

ただ、クラスメイトの会話に聞き耳を立てて得られた情報では、羽田野という男の生活指導の先生がとても厳しいらしく、すでに注意を受けた生徒もいるとかいないとか。

俺はその情報を信じて、あたかも羽田野先生を呼んでいるかのように叫ぶ。

「なっ、羽田野？　生活指導の羽田野かよ、クソっ」

期待通りの効力があったようで、男子生徒は逃げるように去っていった。

慌てて逃げ去った男の姿が見えなくなってから、俺はへたりと座り込んだ女の子の前に出て手を差し出す。

俺の手を見て驚いたような表情を浮かべるが、それが立ち上がるための助けだと気付いた彼女は俺の手を取り立ち上がる。

スカートについてしまった草や砂を払い落としながら、彼女は俺に尋ねた。

「あなたが先生を呼んでくれたんですか……？　えっと、先生は？」

「ああ、あれ嘘だよ。俺が知る限り一番怖そうな先生の名前を叫んだだけ」

女の子はなんでもないように振る舞っているが、手が震えているのが分かる。

目尻にうっすら涙の跡もあるし怖かったに違いない。

本当はアフターケアとかで何か声をかけてあげた方がいいのかもしれないが、そんな気の利いたことが言えるコミュ力は残念ながら俺にはない。

そんなのがあったらぼっち飯なんてしてないだろうしな。

「君も早く戻りなよ。ご飯食べる時間なくなっちゃうよ？」

そう言って俺は彼女の横を通り過ぎる。

彼女は俺に何か言いたげにしていたが、知らんふりして俺はいつもの場所へと向かった。

そんなイレギュラーがあっても俺の日常は何ら変わらない。

毎日何となく学校に向かって、真面目に授業を聞いたり、時には居眠りをしたり。昼休みになればいつも通りあの場所へと向かって一人で過ごす。

そう、そのはずだった。

「やっと会えました。待ってましたよ、桐島玲さん」

あれから三日経った昼休み、いつもの場所に向かうとそこには先約がいた。

あの時助けた彼女が、俺の特等席に座ってこちらを見つめている。

「あの時の子……だよな？　えっと、大丈夫だった？」

「はい、あなたが機転を利かせてくれたおかげで助かりました」

「ああ、それはよかった。じゃあ、俺はこれで……」

「あっ、待ってください。ずっとお礼を言いたくて探していたんです。先生からあなたのクラスを聞いて休み時間に訪ねてみたり、朝のホームルームの前や放課後などに待ってみたりもしたのですがあなたは見つからず……」

あっ……そうなんだ。

休み時間になると教室から抜け出して空き教室やトイレで過ごすし、昼休みはいつも通り。

朝は教室にいる時間をなるべく減らすためにギリギリの時間に登校しているし、放課後は部活にも入っていないし爆速で逃げるように帰宅する。

彼女が俺を探していても出会えなかったのはそのためだろう。

「でもあなたがあの時こっちの方に歩いていったのを思い出して、もしかしたらって思って来てみたら大当たりです」

ああ、そういうこと。確かにあの時は早く飯を食べたかったし、彼女に見られていることなんて気にしていなかった。

それがまさかこんなことになるなんてな……。

でもこれで合点がいった。俺が登校した時や昼休み終わりに教室に戻った時などにな
ぜかじろじろ見られたり、ひそひそと何かを言われたりしているような気がした。
自意識過剰だと気にしないようにしていたが、周りの反応はそういうことだったのか
もしれない。
「あっ、自己紹介が遅れました。私、一年二組の三上陽菜です。改めまして先日は助け
て頂きありがとうございました」
「三上さん、ね。偶然だったけど、助けになったのならよかったよ。じゃ、そういうこ
とで……」
「ちょ、まだ話は終わってません。私は助けてもらったお礼をしたいんです」
お礼？
それならさっきしてもらったし、まだ何かあるのだろうか。
そう思ったことをそのまま告げると彼女――三上さんは少しむくれたような顔で
こちらを見上げてくる。
こちらは立っていて三上さんはベンチに腰かけている。
その状態でこちらを見上げるということは上目遣いの構図が出来上がる。
控えめに言って美少女と表現して差し支えない彼女から繰り出される上目遣いの破壊
力に思わず目を逸らしてしまった。
「あの時あなたが機転を利かせて助けてくれなければ私は何をされていたか分かりませ

ん。つまり、桐島さんは私にとって恩人なんです！　そんな恩人のあなたにただ一言お礼を言うだけでは私の気が済みません……！」

　三上さんの言い分も分からなくはない。

　俺からすれば大したことのない事でも、三上さんにとっては本当に待ち望んでいた救済だったというのが、その言葉その口調から伝わってくる。

　恩人と呼ばれるのはむずがゆいがそれも本心なのだろう。

　俺とて逆の立場だったのなら、お礼の一言では引き下がれない……気がする。

　つまり、三上さんが俺に望むのはそういうことなのだろう。

「分かってくれましたか。それでは何かしてほしいことなどはありませんか……っ？」

「ああ、悪い。腹が減った」

　彼女の言葉が紡（つむ）がれたその時、俺の腹の虫が鳴った。

　その音に三上さんは驚いた表情を浮かべたが、その音の出所が分かるとプッと吹き出すように笑った。

「すみません、そういえばお昼まででしたね。先にご飯を食べてしまいましょうか」

　ああ、それがいい。三上さんは教室に戻って……ってあれ？

　その手に持っているものは？　それにどうして三上さんはベンチの隣をポンポンと叩いていらっしゃるのでしょう？

「私もお腹すいてしまいました。せっかくなので一緒に食べませんか？」

は？

はああああああああ⁉⁉⁉

「桐島さんはパンなんですね。それってコンビニのですか？」

「あ、ああ、登校ルートにあるコンビニでいつもパンを買ってる」

近い近い。

三上さんは俺の持つ袋の中身を覗き込んでくるが、距離が近いし、なんか良い匂いするし、無自覚にもあざとい行動が俺の心に揺さぶりをかける。

彼女の押しに負けて隣に座ることになってしまったが、なんていうかこう、改めてみると彼女は本当にかわいい。

先日のあいつが一目惚れするのも無理はない、そう思わせられる容姿だ。

綺麗な黒髪のショートカットヘア。

くりくりとした大きな瞳。綺麗に通った鼻筋に、ぷるっと潤いたっぷりの唇。

そんな三上さんの整った顔が急に近付いてきて、思わずまじまじと見てしまった。

「何見てるんですか？　あっ、もしかして私のお弁当が気になるんですか？」

「あ、うん。おいしそうだなって」

俺の視線に気付いたようだが、三上さんはお弁当に向けられたものと勘違いしてくれたようなので、それに便乗して話を合わせて相槌を打つ。

三上さんの膝に広げられるお弁当はちらりと見ただけでも彩り豊かでとてもおいしそうで、昼飯はパンだけの俺と違って栄養もしっかり取れてそうだ。

「そう言ってもらえるのは光栄ですが、あげませんよっ」

「いや、取らないから安心して食べて」

「そうですか？　ならよかったです」

俺はいつも通り買ったパンで足りるから大丈夫だと告げると、彼女はほっとした様子でお弁当箱を膝の上に戻して食べ始めた。

俺はそんな三上さんの様子を横目で眺めながら、パンの包装を破いて中身を齧る。

昼休みに誰かと、ましてや女の子とご飯を食べるなんて高校生活初めての経験で、緊張しているのか思うようにパンが喉を通らない。

隣に三上さんがいるというイレギュラーが発生しているからだろう。

いつもより喉の渇きを強く感じてしまうため、たまらずレジ袋の中に入っているお茶のペットボトルへと手を伸ばした。

だが、その緊張が喉だけでなく手にも出ていたのだろうか、袋を漁ろうとした手がペットボトルを倒し、その勢いのままベンチの傾斜を転がり落ちてしまった。

くそ、恥ずかしい。さっさと拾わなければ。

そう思って伸ばした俺の左手に影がかかり、小さなぬくもりを感じる。

「えっ？」

「あっ、ごめんなさい」

どうやら三上さんも俺が落としたペットボトルを拾ってくれようとしたようで、偶然にもタイミングが重なり、俺の左手と彼女の右手が触れ合ってしまったようだ。

それに気付いてしまったことで顔が熱くなっていく。

きっと顔もゆでだこみたいに真っ赤になっていると思う。

「んぐんぐ……ごちそうさま。じゃあ、俺食い終わったから行くわ」

「えっ、ちょ。まだ話は終わってませんよ？」

残りのパンを強引に口に詰め込みお茶で流し込むと俺はその場から逃げた。

後ろで三上さんが何か言っているが聞かなかったことにしよう。

この顔の熱だってそうだ……日差しがよかったからだ。

そう思い込むようにして、俺は左手の震えを右手で押さえ込んで走った。

突然俺のお気に入りスポットに現れた三上陽菜から逃げるように教室に戻った俺。

いつもより早い時間に戻ったことに対する驚きや、三上さんの供述で判明した物珍しいものを見るような視線が俺に向けられる。

机に突っ伏してそんな視線をカットし、残りの昼休みを寝たふりをして過ごす。

そうやって昼休みを乗り切れば、授業の後半戦が始まる。

満腹になったからか午後の授業は眠たそうにしている生徒が爆増する。

普段は気張って授業を受けている俺だが、今日は目が冴えてしまって全く眠気を感じない。

かといって授業に集中できているわけでもなく、どこかふわふわした気持ちで授業を聞きノートを取った。

そうやって身が入らないまま授業は終わり放課後に突入する。

周りのクラスメイトは部活動に向かったり、すぐに下校せずに友達とおしゃべりしたりしている。

俺はそんなクラスメイトを尻目に、いつも通りさっさと教室を後にする。

今日はいつも通りとは大きく異なった一日だった。

でも明日からはまた元通り。何事もなく一人で過ごしていくんだ。

そう自分に言い聞かせながら昇降口で靴を履き替えて俺は下校した。


三上陽菜に突撃された翌日。

昨日はイレギュラーも多くあったが、今日からはまたいつもと変わらない日常が展開されていく。

そう、そのはずだった。

「なんでいるの?」

「私がいたら困りますか?」

「イエ、ゼンゼン……」

「まだ昨日の話は終わっていないんですよ?」

昼休み、いつもの場所に訪れると、そこにはやや機嫌悪そうにムスッとしている三上陽菜がいた。

彼女も俺みたいなぼっち陰キャ男子と関わるのはごめんだろうと高を括っていたが、どうやら違ったらしい。

やはり昨日の、話を聞くことなく逃げ帰ってしまったことを怒っているのだろうか。

「お礼……だっけ。本当に大したことはしてないから大丈夫なのに」

「いえ、絶対にお礼はさせてもらいます」

「あ、そう」

「はい。今日こそは逃がしません。きちんと話をしましょう」

そう言って三上さんは昨日と同じように自分の隣を手でぽんぽん叩いてくる。

俺は観念して頭を掻きながら、彼女の隣へとそっと腰を下ろした。

「見てください！　今日はサンドイッチです！」

「おお、奇遇だな。俺も今日はサンドイッチだ」

三上さんは嬉しそうに今日の昼食を報告してくる。

それは俺が今日の昼飯に選んだものと奇しくも同じものだった。

「もしかして俺がパンを食べるから合わせてくれたとか？」

「いえ、違います。昨日はお箸を持っていたうえにお弁当箱が膝の上にのっていてすぐに立ち上がることができずに桐島さんを取り逃がしてしまいましたので、もし逃げられてもすぐ追いかけられるようにです」

「……逃げないから大丈夫だって、タブン」

クソ、自意識過剰だった。お揃いを喜んでしまった？

それはまるで俺が三上さんと一緒にご飯を食べたいと思っていたみたいになるじゃないか。

決してそんなことはない、と言い聞かせて俺は雑に包装を破り、中身を貪る。

「昨日もそんな感じの食事量でしたが足りるのですか？」

「ああ、大丈夫だ」

「もしかして、午後の授業で眠くならないためにわざと少なめにしているとかですか？」

「いや、まったく。授業のために眠くならない対策とか考えたこともなかった」

どれだけ腹が満たされようが満たされまいが寝る時はあっさり寝るし、耐えられるときは耐えられる。

そこに俺の昼飯の量はまったくといって関与しない。

そうやって意味のない話をしているうちに俺はサンドイッチを食べ終わる。

いつもだったら飯を食い終われば残り時間をボーっとして過ごしたり、ベンチ全体を使って寝転がったりできるのだが、三上さんがいるとそうもいかない。

彼女はまだもきゅもきゅとおいしそうに自前のサンドイッチを頬張っている。

「なあ、俺帰ってもいいか？」

「ダメです。まだちゃんとお礼をできてないので」

「じゃあ、そのお礼として俺を帰らせてくれないか？　もしくは三上さんが教室に戻って俺を一人にしてくれるとかでもいいんだけど」

「……嫌です。それでは私がお礼した気になりません」

一人でいるのに慣れきってしまっていたからか、誰かといるのがものすごく落ち着かず心が休まらない。

隣にいるのが異性で、美少女の三上さんというのもあるのだろう。

俺は早く一人に戻りたい。

そんな些細な願いを叶えてくれるだけでもお礼としては十分すぎるのに、三上さんはムッと頬を膨らましている。どうやら願いは叶わなそうだ。

「それなら、明日のパンを奢ってくれ。それで手打ちにしよう」

「たったそれだけでいいんですか？　もっと……なんかいい感じのお願いはないんですか？」

「ない。これが俺のいい感じだ」

そう言って俺はベンチから腰を上げる。

三上さんが俺を引き留める理由はお礼をどうするかが問題だったからだ。

だが、俺はしてほしいことを告げた。

三上さんはたったそれだけなんて言っているが、もとはといえば俺がした事もその場にいない先生の名前を適当に選んで叫んだだけ。たったそれだけだ。

これで等価交換。十分に釣り合っているはずだ。

「じゃ、そういうことで頼む」

返事も聞かずに俺は歩き出す。

三上さんが追いかけてくることはなかった。


三上陽菜にお礼の内容を突きつけた翌日。

いつもと同じ時間に家を出たはずなのに少しだけ早く学校についてしまった。

三上さんにパンを奢ってもらえる手はずになっているので、コンビニに寄らなかったからその分早く到着したというわけだ。

昇降口廊下にかけられている大時計から目を逸らし、教室へと向かって歩き始める。

今日の一時間目は数学で億劫(おっくう)だとか、英語の授業は抜き打ちテストがあるかもしれないなとか考えていると教室が見えてくる。

いつもならホームルームが始まる時間ぎりぎりに教室に入るため廊下にほとんど生徒は見えないが、今日はまだ時間に余裕があるからかまばらに生徒がいる。

その中に、ここ数日毎日見ている顔があった。

「おはようございます、桐島さん」

こちらを真っすぐ見ている彼女——三上陽菜は誰に挨拶をしているのだろうか？

もしかしたら他のクラスのキリシマという名前の奴に挨拶しているのかもしれない。

周りには他の生徒達の姿もちらほらあるので可能性は拭えない。

「おはようございます。桐島玲さん」

そう考えて素通りして教室に入ろうとしたら、今度はフルネームで呼ばれてしまった。

もしかして同姓同名の生徒が……という可能性は低そうなのでこれはまごうことなき俺に向けられた挨拶なのだろう。

こんな美少女が俺みたいな陰キャぼっちに挨拶をしていると……ほらやっぱりこうなる。

廊下にいる者はもちろん、教室の中からも視線を浴びせられる。

どう考えても目立っている。

「なんだ？　目立つのは嫌いだから手短に頼む」

「目立つ……？　いったい何のことですか？」

「俺みたいなのが三上さんと話してるってだけで目立つんだよ。だから早く」

「そうなんですか？　……では、昼休みあの場所で」

彼女はよく分かっていないみたいだが、俺の必死な様子だけは伝わったのか要件を小声で手短に告げると自分のクラスに戻っていった。

それを見送った俺はいそいそと席に着くが、悪目立ちしてしまったせいでまだ注目を浴びている。

朝っぱらからツイていない。

いつも通り机に突っ伏して時間を潰す。

ただそれだけの決まった行動なのに、普段より居心地が悪く感じるのはどう考えても三上陽菜のせいなのだろう。

授業合間の休み時間にチラチラと視線を浴びることはあれど、直接俺に何か言う人はいなかった。

こんな陰キャぼっちのことを気にかけている時間があるのなら、友達との会話に花を咲かせている方がよっぽど有意義だ。俺もそちらをオススメする。

俺は会話に花を咲かせる友達がいないため言ってて悲しくなるが。

そんな自虐的なネタで心がミリ単位の自傷ダメージを受けたところで俺は席を立つ。

今は昼休み、つまり約束の時間だ。

鞄に手を伸ばしたところで今日はコンビニに寄ってないことを思い出して手を引っ込

める。

　今日はお礼として三上陽菜がパンを奢ってくれる予定だ。

　そうして俺は少しだけ寄り道をしてから約束の場所へと赴く。

　そこには昨日、一昨日と同じように三上陽菜が先に座って待っていた。

「こんにちは、桐島さん。来るのが遅いので来てくれないのかと思いました」

「飲み物を買ってたんだ。今日はコンビニに寄らなかったから買うの忘れてたんだよ」

「なるほど、そういうことでしたか」

「それで……お礼、してくれるんだろ？」

　元々、こうしてここに集まったのは彼女が俺に助けてもらったお礼をしたいと言い張るからだ。

　そうでもないと俺がこんな美少女に呼び出しを受けるなんてことあるはずがない。

　そして、俺はそのお礼を受けられなければ今日の昼飯を抜くことになってしまうのだが……どうやらその心配は杞憂だったようだ。

「はい、ちゃんと用意してますよ。どうぞ」

「おお、ありがとう」

「ふふ、ありがとうは私のセリフですよ。おかしな人ですね」

　そういえばそうだった。

　これはお礼だったが、ついありがとうと口にしてしまった。

それが面白かったのか三上さんは僅かだが笑みを浮かべた。

何気に笑っているところを見るのは初めてかもしれない。

普段からクールで物静かな印象があるからかギャップがあって破壊力が高い。

「さ、早く食べましょう。いつまで立っているつもりですか？」

「あ、ああ。って三上さんもここで食べるの？」

「はい、そのつもりですが……何か不都合でもありましたでしょうか？」

いや、ない。

ないんだけど、久しぶりに一人でゆっくり過ごせるかもなんて淡い幻想を抱いていただけにちょっとばかり気落ちしてしまう。

だが、教室でクラスメイトに囲まれながら小さく縮こまって食べるくらいならまだこの方がいい。

隣に三上さんがいるのはどうにも落ち着かないが、それは不快な気持ちではなくただ単に彼女が美少女すぎるからだ。

気にしないようにすればどうってことない……はずだ。

「これ、開けていいか？」

「どうぞ、開けて下さい。私も……」

俺は彼女が渡してくれたやや大きめのお弁当箱を開ける。

中身は何だろうか、サンドイッチだろうか、なんて考えながら蓋をずらすと、白いものが顔を覗かせた。

「ん？」

「どうかしましたか？」

「いや、何でもない。ちょっと見間違えただけだから」

そう現実逃避をしてみたものの、そこにあるのは真っ白で美しいお米だった。

俺はその美しく彩(いろど)られたお弁当箱の中身と隣でおいしそうに自分のお弁当を食べ始めた三上さんを交互に見る。

昨日俺は何て言った？

「あの、一つ聞きたいんだけどさ」

「んぐんぐ……はい、何でしょう？」

「お礼の内容、昨日の俺は何がいいって言ってたっけ？」

「確かパンを奢ってくれと言っていましたよ。ボケるにはまだ早いと思うのですが……」

「いや、ちゃんと覚えてる。記憶通りでよかったよ。それで……えーっと、これは何？」

「見て分かりませんか？　お米ですよ。桐島さん、もしかして……お米知らないんですか？」

「いや、知ってる！　知ってるけどさ！」

いくら好きで昼飯はパンばかり食べているといってもさすがに米は知っている。

この時間に食べないだけで、家では普通に食べている。

彼女はきょとんとかわいらしく首をかしげて俺に米を知らないのか聞いてくるが、問題はそこではない。

「俺、パンを奢ってくれって言ったんだよな？」

「はい、言いましたね」

「じゃあ、これは？」

「見て分かりませんか？　お米ですよ」

あれ、このやり取りさっきもしたぞ。

このままだと話は平行線を辿(たど)ってしまう。

こうして彼女を問い詰めていてもパンは発生しないし、時間もただ過ぎていくだけ。

俺は諦(あきら)めて蓋の内側にある箸を手に取って食べ始める。

「……うまい」

それは無意識の内に口に出てしまっていた。

一口食べたら俺の持つ箸は止まらなくなる。

甘い味付けがされた玉子焼き、冷めているのにサクサクジューシーな唐揚げ、ミニトマトとレタス、ブロッコリーのサラダ。

口に運ぶものどれもが俺の好みの味だった。

「そんなに急いで食べると喉に詰まらせてしまいますよ」

　そんなこと言われても本当に止まらないんだ。

「ふふ、美味しそうに食べてもらえると私も嬉しいです。頑張って作った甲斐があります」

「もしかしてこれ……全部手作り……？」

「一応そうなりますね。桐島さんの好きなものや嫌いなもの、好きな味や苦手な味など何一つ知らなかったので少し心配でしたが喜んでもらえたようで何よりです」

「そんな手間……大変じゃなかったか……？」

「作っているものは同じなので、数が増えるだけならばそれほど手間ではありませんよ」

　そう言って三上さんは自分の持っているお弁当箱を傾けて俺に中を見せる。

　内容量は俺に渡したのよりはやや少なめではあるが、種類は同じみたいなので彼女の言っていることは本当なのだろう。

　しかし、普段から料理なんてまったくしない俺からすればかなりの手間に思えて仕方がない。

「本当にそこらで売ってるパン一つでよかったのに……。逆に俺がこのお弁当のお礼をしなくちゃいけない感じか……」

「そんなことないですよ。それにこれは桐島さんの希望を無視して、ちょっとでも栄養のある昼食を取ってもらいたいと思った私が勝手にした事です。ですので気にしないでください」

もしかして俺の食事の栄養事情まで考えてくれたのだろうか。

彼女はパン一つでは栄養がーとぼやいている。

「ご馳走様。本当においしかったよ。いや、マジでうまかった」

「お粗末様でした。喜んでもらえたようで何よりです」

お弁当が美味すぎていつの間にか完食していた。

空になったお弁当箱をどうするべきかと考えていると、俺の思考を先読みしたのか三上さんは大丈夫ですよと言ってその米粒一つ残されていない箱を回収して袋にしまった。

「少しお返しが多いような気もするが、これでお礼は受け取った……ってことでいいんだよな？」

「……はい、そうですね」

「そか、ならよかった」

これはお礼。いわば貸し借りの清算。

若干返却が過多のような気もするが、彼女が気にするなというのなら気にせずにもらってしまってもいいのだろう。

そしてこの昼休みが終われば、もう彼女との縁は切れてしまう。

俺みたいなぼっち陰キャと彼女のような高嶺の花の美少女が交わることは単なる偶然

の産物だ。

これで貸し借りはなくなった。だから彼女が俺にあれこれする理由は完全になくなった。

元々交わる機会なんてなかったのに、何かの間違いで一瞬だけ交わってしまっただけ。

その一瞬はこれでおしまい。明日からまた俺のいつも通りが幕を開けるんだ。

そんなどうでもいいことを考えながら、おれは残りの昼休み時間をボーっと青空を眺めながら三上陽菜の隣で過ごしていた。

幕間　少女は少年が気になる

始まりは偶然でした。

入学して二週間ほど。私の容姿に惹かれて声をかけられ、告白されるのにも慣れてきた頃のこと。

自慢ではありませんが優れている容姿をしている自覚もあり、入学したばかりでも私は有名人でした。

そんな私に対して、お近付きになりたい。あわよくば交際まで持ち込みたい。そんな透けた下心を持って接してくる者は多くいたことでしょう。

特に高校生になったばかりの浮かれた時期。出会いの時期であり、恋人づくりに励むのも青春の一環であると理解はしていましたが、いざそれが自分に向けられると少し辟易してしまいます。

また呼び出された。お昼休みだから早く断って戻ろう。そう思っていた私に訪れた窮地。そこに颯爽と現れて、困り果てて絶望していた私に手を差し伸べてくれたのが……桐島さんでした。

機転を利かせて暴漢を追い払い、見返りも求めずにどこかへ去っていく彼の……私になんか興味もなさそうな、少し血色の悪そうな顔が、頭から離れませんでした。

そんな彼へお礼をしようと思うのは自然なことでしょう。助けてもらったのに私はまだ何も言えていません。

なので、ホームルーム前、休み時間、放課後などで桐島さんのことを探してみましたが……彼の姿は一向に見つかりません。校章は同じ色だったので、同学年であることは間違いないのですが、どれだけ探しても桐島さんと再び会うことができません。

確かにこの学校に在籍しているはずなのに見当たらない。まるで幽霊みたいだなんて思いながら、私は彼と初めて出会ったあの場所、そして私を助けた彼が去っていった方向のことを思い出しました。

とある日の昼休み、お弁当を持ってそこに赴いてみると、日当たりのいい場所に二人ほど座れる幅のベンチがありました。

もしやと思い、そこに座って待つこと数分。

ずっと探していた彼――桐島玲さんとようやく会うことができました。

軽く自己紹介をしてから、本題に入り、私はようやく助けてもらったお礼を言うことができました。桐島さんはどんな反応をするのかと思っていると、特段気にすることもなく私との会話を切り上げようとしてきました。

これには思わず驚いてしまって、彼を呼び止める声は上擦(うわず)っていたことでしょう。確かにお礼は口にすることができました。ですが、私が桐島さんから受けた恩は、言葉一つで済むものだとは思っていません。

それだというのに桐島さんは……恩に着せる素振りも見せず、本気で言葉だけでお礼を受け取ったと言わんばかりの態度でした。

その時点で、私は彼に興味を持っていたのでしょう。

あの時感じた、私になんか興味もなさそうな様子。こうして再び顔を合わせて確信しましたが、桐島さんが私を見る目に下心を感じません。これまで私に告白してきた男子のような、変な息苦しさは一切ありません。

だからでしょうか。

本来ならばお礼として何かしてほしいことはないか尋ねようと思っていただけなのに、もっと彼と話してみたいと思いました。

気が付くと私は、一緒にお昼ご飯を食べる提案をして、私が座るベンチの隣を叩いて、隣にくるように催促していました。

その時にはもう……桐島さんともっと仲良くなりたいと思っていたのかもしれません。

第2話 まだ終わらない関係

こうして俺と三上陽菜（みかみひな）との間に発生した僅（わず）かな接点は、三上陽菜のお礼を俺が受け取ったことで消えた。

そのはずだったのに――――。

「何でいる⁉」

「いきなり大声でなんですか。それに質問の意味がよく分かりません」

何故か今日も彼女は俺の目の前に姿を現した。

意味が分からない。

どうしてこうなったのか何度も頭を巡（めぐ）らせて考えても分からない。だが、三上さんはここにいるのが当然だと言わんばかりな様子で、予測不能の事態に混乱している俺を不思議そうに覗（のぞ）き込（こ）んでくる
「……えっと、三上さんは何でここに……？」

「おかしなことを聞きますね。ご飯を食べるためですが」

「……あっ、そう」

ここは俺のお気に入りの場所だったが、彼女も気に入ってしまったのか。

だったら俺はここを諦めなければいけない。

どこか他の場所を探すか……。

「……どこに行くつもりなんですか？」

「ん？　ああ、先客がいるっていうなら他の場所を探そうと思ってな」

「ここで一緒に食べるっていう選択肢はないんですか？」

「……あー」

どうしたものか。元はといえばここは俺が一人で昼飯を食うために見つけた穴場だ。

それが俺のしてしまった人助けの結果、こうして連日同席する人ができてしまった。

三上さんと過ごす昼休みはとてもじゃないが落ち着かない。この美少女が隣に座っているのだから当然だろう。

だが、決して嫌というわけではない。

彼女といるのに、教室でいる時に感じるような息苦しさは感じないのは確かだ。

「どうしますか？」

「ああ、分かったよ」

ジッと俺を見つめてくる三上さんの手のひらの上で踊らされているような気もしなくはないが、他に行く場所も、心当たりもない俺は、この場所を諦めることを諦めて彼女の隣に腰掛けるしかなかった。

「桐島さんはまたそれだけですか。パンだけだと栄養偏ってしまいますよ。よかったら私のお弁当のおかず、食べてください」

「いや、いいよ。もらってばかりだとなんか申し訳ないし……」

「気にしないでください。遠慮なさらずに好きなのをどうぞ」

そう言って三上さんは俺に弁当箱を差し出してくる。

また今日もおいしそうなものがたくさん詰まっていて、正直言って魅力的だ。

そんな悪魔的な誘惑に勝つことのできなかった俺は、彼女の言葉に甘えることにして手を伸ばす。

「じゃあ……卵焼き、一個もらうな」

「はい、どうぞ。卵焼き、好きなんですか？」

「いや、卵焼きがっていうより、この味付けが好きなんだ。甘い味付けのがな」

「そうなんですか。ふふ、お揃いですね」

「お揃い？」

「私もこの甘い味付けが好きなんですよ。自分で作るお弁当は、自分好みに仕上げられるのでいいですよね」

お揃い……好みのお揃いか。

三上さんが自分好みになるように作ってきたお弁当。それを気に入ってしまった俺。食の好みも似ているのかもしれないな。

「えっと、三上さんはいつも自分のお弁当を手作りで用意してるのか？」

「いつもというわけではありませんが、高校生になってからは手作りするように心がけていますね。桐島さんもやってみてはどうですか？」

「俺が料理するように見えるか？」

「いえ、まったく。全然、これっぽっちも」

「……じゃあ何で聞いたんだよ」

「言ってみただけです」

俺には無理だ。料理もしなければ早起きもできない。

朝早く起きて弁当の用意なんて無理ゲーが過ぎる。

だからこそ早起きして料理までしてる三上さんは本当に尊敬する。

彼女はなんてことない、簡単なことしかやっていないとさも当たり前のことかのように口にするが、俺にとっては難題も難題だ。

「卵焼き、うまかった。ごちそうさん」

「はい、お粗末様でした。もういいんですか？」

「ああ、あんまりもらうのも三上さんが食べる分が減っちゃって悪いし、俺の方ももう終わりだ」

三上さんのお弁当箱からつまみ上げた卵焼きはとっくに俺の胃の中へと姿を消して、俺が持ち込んだ焼きそばパンもたった今姿を消した。

今頃腹の中で仲良くしてるはずだ。

「前もそうでしたが食事にかける時間が本当に短いのですね。いつもご飯を食べ終わったら何をしているんですか？」

「昼寝か勉強だな。今日は午後の英語の授業で単語テストをやる予定だから、英単語の復習でもするか」

俺はポケットから単語帳を取り出してパラパラと捲る。

授業で習った英単語ですぐに覚えられなかったものや、文法が俺の文字で書かれている。

そうしてもくもくと単語とその意味に目を通していると、隣から視線を感じたので俺は顔を上げた。

「……ってどうした？」

「……入学してまだ間もないのにそこまで勉強に打ち込んでいるんですね」

「ああ、そういうことか。ただ単に友達がいないからやることがないってだけだよ」

「……それは、とても悲しいですね」

ああ、うん。自分でも言ってて悲しくなってきた。

だからそんな憐れみの視線を俺に向けないでくれ。泣きそうになる。

「桐島さんって勉強できる方なんですか？」

「どうかな？　普通くらいだと思うけど」

勉強ができるかどうかとはまた曖昧な質問だ。

高校での授業はまだ始まったばかりだし、今のところ問題なくついていけている。

だがそれだけの要素で自信満々にできる方だなんて声を高らかに宣言するのは、あまりにも恥ずかしいのでこのような答えしか出てこない。

「そもそも本格的なテストはまだだし、学力もそんなすぐに測れるようなものでもないだろ」

「……それもそうですね」

「とりあえず今のところあるテストといえばこういった小テストの類か、まだ経験したことはないけどもしかしたら抜き打ちテストなんてものもあるかもしれないな」

「あ、隣のクラスの友達から数学の抜き打ちテストがあったと聞きましたよ」

「お、まじか」

そういった情報は正直助かる。

先生によって授業進行の仕方やテストのパターンは変わってくるが、抜き打ちがあるかもしれないという情報を知れただけでもかなりでかい。

さすがに他のクラスの授業をどの先生が受け持っているかまでは知らないから判断のしようがないけど、少しずつ情報を集めて対策を練っていきたい。

そんな何気ない学校生活の事から話題は広がり、会話に花は咲く。

だが突然三上さんが何かに気付いたように話を遮った。

「ところでその……私のせいかもしれませんが、あの……手、止まってますよ？」

「……あ」

初めの内は単語帳を捲りながら行っていた受け答えもいつの間に捲る手は完全に止まっていて、三上さんとの会話を楽しんでいた……？

このぼっちの俺が……？

「そういう私も食べる手、止まってましたね。もうすぐ予鈴がなってしまうので急いで食べてしまわないといけません。あの……予習の邪魔してしまってすみません」

「いや、大丈夫。このくらい全然余裕、タブン。こっちこそご飯食べる手を止めちゃってごめん」

「ここはどちらも悪かったということでお互い様にしましょう」

三上さんは俺の勉強時間を奪った。

俺は三上さんの食事時間を奪った。

そのことに関して謝罪合戦が始まってしまう前に、三上さんの提案を受け入れてお互い様ということにして、残り僅かな休み時間をやるべきことに使う。

そして予鈴が鳴って教室に戻る際の別れ際。

「今日はありがとうございました。では、また」

「ああ、また」

そんな受け答えに何の違和感を覚えることもなく、俺達は別れて教室へと戻った。

ちなみに英単語の小テストはド忘れした単語があって大慌てしたが、何とか思い出すことができて満点だった。アブナカッタ。


放課後の訪れを告げるチャイムが鳴る。

ホームルームが終わって各クラスから下校する生徒、部活に向かう生徒、違うクラスにいる友達の元に向かう生徒などで廊下はごった返す。

そんな人混みの群れに突っ込むのが嫌だったからいつもさっさと抜け出して颯爽と帰宅ムーブを決めていたのだが、今日は教室を出ようとして立ち上がった時に、鞄にしまい忘れた物があることに気付いて理想の帰宅ムーブに失敗してしまった……。

忘れ物を鞄に詰め込み、廊下を見つめて小さくため息を吐く。

一歩出遅れたことで廊下は既に混雑しつつある。

だがこうなってしまったら仕方ない。

廊下にいる人が捌けるまでは大人しくここで待っていよう。

そう決めた俺は机に突っ伏して寝たふりモードでやり過ごすことにした。

こうしていると生徒の上履きが廊下の床を叩いたり擦ったりする音がよく聞こえる。

昇降口の方に向かう足音、そうでない足音、混ざり合う音が奏でる不協和音が徐々に小さくなっていくの待っていると、俺のクラスの前で話しているだろう声が耳に届いてきた。

「なあ、お前知ってる？　二組の三上さん、めちゃくちゃかわいくない？」

「だよな！　めっちゃかわいいよな！」

「俺、ちょっと狙ってみようかなって思ってるんだよね」

「はあ、お前が？　やめとけって。既にもう何人もの男が振られてるって噂だぞ」

「そうなんだよなー。実際に俺の友達も振られたって話だから、多分その噂本当なんだよな……」

三上って……あの三上さんだよな。二組って言ってたから合ってるはず。

てかこんな人混みの中で堂々とよく話せるね、君達。

しかし、やっぱりモテるんだな三上さん。

俺も実際に告白現場に居合わせて、振られるところを目の当たりにしてしまったし、その噂も本当なんだろうな。

「なあ、その噂繋がりなんだけど、三上さんに気になる人がいるかもって噂、二組の友達に聞いたんだけど……！」

「はあ、マジ？　誰よ、それ」

「いや、そこまでは分からないんだけど、何でも三上さんが最近昼休みになるといつも教室を抜け出してどこかに行くらしい。お弁当らしきものを持って出ていくのを見たっていうから誰か気になる人……っていうか付き合ってる人と食べてるんじゃないかって噂」

「はー、マジかよ」

「げほっ、げほっ……」

そんな話が聞こえて俺はむせてしまった。

え、何。そんな噂が出回ってるの？

え？　マジ？

「一年？　それとも先輩？」

「さあな？　でも入学して間もないのに先輩からの告白もあったみたいだし、その可能性はありそうだよな」

「さすが高嶺の花」

「マジそれ。あ、そういや今週発売のゲームなんだけどさ――」

彼らの話題は変わるがそれと同時に声量も遠ざかっていく。

こっそりと聞き耳を立てていただけなのに、やけに心臓の音がうるさく聞こえる。

まさか、そんな噂が出回っているとは……。

これを知ってしまった俺は……どうすればいいんだろう？


翌日。普通に授業を受けて、当たり障りのない日々をやり過ごす。そして昼休みになっていつもの場所へと向かうと………やっぱりいた。

「こんにちは桐島さん。今日もいい天気ですね」

「……ああ、うん。もう驚かないよ」

「何か驚く要素がありましたか？」

「いや、こっちの話」

さも当たり前のように俺のベストスポットにやってくる三上さん。だが、もうそれにいちいち大袈裟な反応はしない。

……なんたって『また』って言っちまったからな。

俺は彼女の隣に腰掛け、コンビニ袋から今日の昼飯を取り出した。

本日の俺の糧となる焼きそばパンの包装を雑に破り、パンにかじりつくとソース焼きそばの味が口に広がった。

ちらりと三上さんの方に目をやると、今日も相変わらず彩り豊かでおいしそうなお弁当を持って来ている。

あんまり見ていると欲しくなってしまうので慌てて目を逸らしてパンを頬張る。

ただそれだけのいつもと変わらない時間なのに、妙に緊張してしまうのは昨日の噂話を耳にしてしまったからだろう。

「どうかしましたか？」

「へっ？　いや……何でもないけど」

「でも、先程から私の方を何度も見てますよね？　もしかして私の顔に何かついてますか？」

あまりにも頻繁に目線をやるもんだから怪しまれてしまっている。

「いや、本当に何でもないよ」

「嘘です。正直に言ってください。ちゃんと話してくれるまで聞き続けますよ」

「ええ……」

噂の件で俺が一人で勝手に意識してしまっているだけなのだが、誤魔化そうとしても三上さんはやけに食い下がってきて問い詰めてくる。

この言うまで聞き続けるというのも彼女の表情から察するに冗談ではなさそうだ。

これは……観念して白状するしかないか。

「えっと、昨日三上さんの噂を聞いちゃってな」

「私の噂ですか？」

「三上さんってさ……その、めちゃくちゃかわいいしモテるじゃん？　俺が助けた時だって告白されてたし……。そんな三上さんがここ最近昼休みになるとお弁当を持って教室から出て行くから、その……誰か気になる人、もしかしたら彼氏と一緒に過ごしてるんじゃないかって噂されててさ」

「それは……」

「だからさ、俺とはもう会わない方がいいんじゃないか？　こんな陰キャでぼっちな俺と噂されるなんて三上さんも嫌だろ？　俺と一緒にいると多分迷惑がかかる」

話していると俺の中のどこか浮ついた気持ちとほんのり胸に宿る熱がスーッと冷めて

いくのが感じられた。

そうだ。そうだった。この関係をどこか心地よいと思う俺がいたから見て見ぬふりをしていたが、俺は高校デビューに失敗したぼっち陰キャに対して、三上さんは高嶺の花。

本来交わるはずのない二人が何の因果か一瞬交差してしまっただけなのだ。

だったらもう、分かるだろ？　線と線が交わるのは一点のみ。あとは別々の方向へ向かっていくのみなんだ。

「それは誰が決めた事なんですか？」

「……え？　はっ？」

「だから、誰が、いつ、どこで、桐島さんといるのが嫌だと言ったんですか？」

「それは……でも、周りの奴らが」

「周りって何ですか？　そこに私の気持ちは関係あるんですか？」

「三上さんの……気持ち？」

「そうです。私が仲良くしたいと思ったあなたと仲良くしようとすることはそんなにおかしいことですか？」

三上さんは少し怒ったような表情で、声のトーンも低くして、俺を問い詰めてくる。

彼女の剣幕（けんまく）に何も言い返せずに俺は黙ったまま目を逸らした。

「すみません。少し取り乱しました。ですが、私は私の意思でここに来ています……。それは、私がそうしたいと思ったからです」

そうか。そうなのか。それは……素直に嬉しい。

でも。だとしても。こうして密会するかのようにこそこそ集まり続けるのはお互いにリスクがありすぎるんじゃないか？

「桐島さんの本当の気持ちを教えてください」

俺の本当の気持ち？

「もしあなたがもう私とは会いたくない、迷惑だというのならばもうここに来るのはやめにします。でも……そうじゃないのだとしたら、本心を聞かせてください」

は、はは。ここに来るのはもうやめる？

俺がたった一言、「迷惑だ」というだけで、一人に戻れる？

そんなの悩むまでもない。そのはずだったのに。

その一言が絞り出せない。喉から出るのは掠れた空気だけでそれは意味のある言葉にならない。

どうして？　なんで？　…………そんなことはとっくにもう分かっていた。

「別に……嫌じゃない。迷惑だなんて思ってない」

だって、この関係を。この距離感を。心地よいと思ってしまったのだから。

たった数回、隣に座って一緒にご飯を食べた。それだけなのに、そう思ってしまったんだ。

そんな俺の本心を聞いた三上さんは安心したように顔を綻ばせる。

「そうですか。だったら私はまたここに来ます。周囲の人達がなんと噂しようと関係ありません」

「……強いな、三上さんは」

俺は自分の都合で三上さんを遠ざけようとした。三上さんが俺と噂されるのが嫌だろうと決めつけて、距離を置こうとした。でも、本当は俺が噂されるのが恐かった、ただそれだけだ。

だが、もうそんなことで悩むのはやめだ。

三上さんが教えてくれた。本当に大事なのは自分の気持ちなのだと。

「俺も覚悟を決めた」

「……何の覚悟ですか？」

きょとんとした顔でこちらを見つめる三上さん。

とても可愛らしいが、こういったことを無自覚にやってのけるところが侮れない。

「あの……三上さん？　あなた、めちゃくちゃカースト高いの自覚してますか？」

「カースト？　何のことですか？」

「周りから高嶺の花って言われてるんだよ」

「そういえばさっきもそんなこと……なるほど。ちなみに先程私のことをめちゃくちゃかわいいと仰ってましたが、それは一般的に見てでしょうか？　それとも……桐島さんもそう思いますか？」

は？　なんか思わぬところから流れ弾が飛んできたんだが？

何この公開処刑みたいなやつ。本当に言わなきゃいけないやつですか？

「え……ああ。すごく、かわいい……と思います」

「ありがとうございます。嬉しいです」

少しもじもじしながら耳まで真っ赤に染めて、それでいて太陽のように笑うのは反則なんじゃないですか……？

正直可愛すぎて直視できんかった。

幕間　安堵と喜びの理由

桐島さんともっと仲良くなりたいと思った私は、昼休みに教室を抜け出して、彼が過ごしている校舎裏のベンチに赴くようになりました。

校舎裏というか、人気の少ない場所は、前回の告白のこともあり少し苦手意識が芽生えてしまいましたが、桐島さんのところに赴くのは足が軽いです。

彼と顔を合わせるのはまだ数回ですが、やはりとても落ち着きます。

こういうのを心安らぐというのだなと実感していたところで、桐島さんが切り出してきた提案は、とても悲しい気持ちになるものでした。

『もう会わない方がいいんじゃないか？』

そう告げられた時、私は酷く動揺しました。

確かに桐島さんのところに押しかける形になっていたので、本当は迷惑だと思われていたのかもしれないと、頭を過りました。

ですが、桐島さんがそのような提案をしたのは、私のことを慮ってのことでした。

私に関する噂を耳にして、心配して、これ以上悪化しないように気遣って、そのような事を口にした彼の優しさはよく伝わりました。

でも、それは余計なお世話です。

私の行動であらぬ憶測（おくそく）が飛び交うことを危惧（きぐ）した桐島さんは、自分と会うことで私に迷惑がかかると言いますが、私は桐島さんといて、彼が迷惑だと思ったことはありません。

だから、噂なんてどうでもいいんです。

そうやって思いのたけをぶつけると、桐島さんも分かってくれたみたいです。

その上で、私といて迷惑ではないとはっきり言ってくれてとても安心しました。

あと……容姿について触れられるのことは、これまで告白されてきて何度もあったので言われ慣（な）れているつもりでしたが……桐島さんにかわいいと言ってもらえたのはなんだか心がムズムズして、とても照れくさくなりました。

三上さんに昼休みは俺のベストスポットを半分奪いに来るという宣告を受け、俺もそれを了承した次の日。それは学校のない土曜日だった。

入学してまだ一カ月も経っていないのに学年一の美少女と名高い彼女と毎日顔を合わせることや、それによって発生する噂など諸々に関する覚悟を決めたはずなのに、その翌日が休日で顔を合わせることもないとは何とも拍子抜けだ。

まあ、三上さんにぼっちを脅かされるのはいい。だが、教室にいる時に感じる息苦しさのようなものはないとはいえ、美少女を意識してしまうドキドキ的な意味で心（心臓）が疲れるのも事実。

休日くらい心の平穏が保たれてもいいはずだ。

とはいえ、特に予定はない。

この休日にやらなければいけない宿題の類は昨日の夜に終わらせている。

したがってこの週末は完全に自由なのだが、かえってやることがないのも退屈だ。

暇つぶしとしてスマホに入れているアプリゲームにも飽きてしまったし、家でできることとといえば読書か昼寝くらいか……。

「せっかく一人暮らししてるんだし、休日に誰か呼べたりすればよかったんだけどなぁ」

そんな独り言を呟いてみるも、逆に虚しくなるな。

俺は高校入学を機に一人暮らしをすることになった。

志望校だった今の高校は実家からでも通おうと思えば通える距離なのだが、なぜか親は俺の一人暮らしには乗り気だった。

別に俺のことが邪魔だから追い出したいとかではなく、どうせ大学生になったら親元を離れて暮らす可能性も高くなるため、早めにこういう経験を積んでおけという、ある意味ではスパルタ社会教育の一種だ。

まあ、俺としても一人暮らしには興味あったし、いずれはできるようにならないといけないことだと思ったので特に拒否はしなかった。

そういうわけで高校徒歩圏内のところにあるマンションを借りて住まわせてもらっている。一人暮らしなので友達を呼んで遊ぶなんてこともできたらよかったんだが……いないものはいないので仕方ない。

「暇だし出かけるか」

せっかくの休日を無意味にだらだら過ごすのも悪くないが、せっかくだし外をぶらつくことにした俺は着替えて鞄を片手に家を出た。

とりあえず最寄りの駅までやってきたものの、電車に乗り込んでまで行きたいと思う場所は……特に思い浮かばない。そもそもここら辺のことは越してきたばっかりであんまりだからな。自宅マンションと高校周辺の地理はそれなりに頭に入れたが、まだまだ知らない場所も多い。適当にぶらついて開拓するのも悪くはないだろう。

「……あっつ」

まだ比較的過ごしやすい季節だが、太陽が高く昇っている昼過ぎに出てきてしまったからか、外を歩いているとうっすらと汗をかいてくる。少しでも熱を逃がすために胸元をパタパタと扇ぎながら周囲を見渡し、逃げ込む建物をロックオンする。

自動ドアをくぐり、店内の冷房をその身いっぱいに浴びて思わず声を出してしまった。

「ふぅ、涼しい」

俺の選んだ避難先は駅近くにあった本屋。学生としてお世話になることもあると思い場所は押さえておいたが、実際に来るのはこれが初めてだ。

これといってほしい本などはないが、棚をぶらりと眺めながら気に入るかもしれない本を探す。この一期一会の時間が何気に好きだったりするのだ。

惹かれる表紙でも惹かれる一文でも何でもいい。俺の感性をくすぐり、思わず手に取ってそのままレジに持って行ってしまいそうな一冊を探してぶらつく。

そんな時、一人の女性客が棚の上の方に必死に手を伸ばして背伸びしているのが見えた。

……あの調子だと届きそうにないな。頑張ってはいるものの手が目当ての本に届く様子はまったくない。辺りを見回しても台になるようなものもないし……仕方ない。取ってあげるか。

「んっ、と。これでよかったですか？」

「はい、ありがとうご……って桐島さん？」

「三上さん？　なんでっ？」

「なんでって……それはもちろん本を買うためですが」

「……そりゃごもっともで」

なんの因果だろうか。本が取れなくて困ってる人を助けてあげたと思ったらそれがまさかの三上さんだったとは。普段は学校の制服姿だが、今日は土曜日。当然彼女も私服姿でやってきているわけで、新鮮さを感じる。派手さはなく落ち着いた服装が彼女のクールな印象とマッチしており、正直言ってめちゃくちゃ綺麗でかわいい。視線が勝手に釘付けになってしまう。

「何ですか？」

「いや、その服……似合ってる」

「あ、ありがとうございます」

おい、俺はいったい何を口走っているんだ。こんな待ち合わせ場所にやってきた彼女の服をとりあえず褒めるみたいなカップルっぽいこと……。まじで似合わない。いや、三上さんの服は似合っててかわいいけど。

「桐島さんも何か本を買いに？」

「そうだな。最初は涼むつもりで入ったけど、せっかくだから一冊買っていこうと思ってる。三上さんのそれは……恋愛小説か」

「はい。この作者さんのシリーズ物が好きで新刊が入荷したら必ず買うようにしているんです。桐島さんはどのようなジャンルを読まれるんですか？」

「俺か？　俺は基本雑食だな。表紙、帯、タイトル、あらすじ、そういった断片的な情報で気に入ったのを手に取るようにしてるんだ。ま、要は気にいれば何でも読むってことだな」

「………そうですか。でしたらこちらはいかがでしょうか？」

俺の読書スタイルを知った三上さんは少し悩む素振りを見せたが、すぐそばの棚から一冊の本を抜き取り俺に差し出してきた。見たところ恋愛小説のようだ。

「恋愛小説を男性におすすめするのは変かもしれませんが……私の好きな作者さんの一冊です。もし苦手じゃなければどうですか？」

「別に男が恋愛小説読んでたら変ってわけじゃないだろ？　せっかくおすすめしてもらったし、それ買うよ」

「そうですか。読んだら感想を聞かせてください」

三上さんが差し出すそれを受け取ると彼女は安心したように微笑んだ。確かに男が手に取るにはハードルが高いジャンルかもしれないが、一応齧ったこともあるジャンルだ。一人で読む分には何も問題はないし、最悪学校などに持っていく際はブックカバーをかけておけば何を読んでいるかなんてバレやしない。

「ああ、分かった。じゃあ、買ってくる」

「あ、私も行きます」

俺はその本を持って会計へと向かった。

三上さんも他に買う予定のものはないみたいで、後ろを付いてくる。

お互いに会計を済ませ、店の外に出るとまだ日が高く昇っていて、容赦なく俺達を照らす。

思ったより時間を潰せなかったな。俺一人だったらダラダラ眺めて時間をかけて本を選ぶのだが、今日は三上さんのおすすめで決めたから時間がかからなかった。

さて、これからどうすっかな。

「……桐島さんはこの後何か予定が？」

「いや？　特にはないけど」

「でしたら、私に付き合ってくれませんか？」

え…………？

……………はぁ⁉

どうしてこうなった？

休日に出かけたら三上さんにばったり会ってしまった。ここまではいい。

偶然出会った本屋で買い物をして解散という流れだったはずなのに………俺はなぜおしゃれなカフェにやってきて、三上さんの向かいに座っているんだ？

「どうしたんですか？」

「……いや、なんでもない。ちょっとこういうのには慣れてなくてな……。緊張してるだけだ」

「桐島さん、カフェなどはあまり来られないんですね。なるほど……」

三上さんは何か勘違いしているようだが、慣れないのは場所の問題ではなくこのシチュエーションそのものだ。さっきの本屋での出会いは偶然で片づけられるが、このカフェでの同席は……まるでデートだ。異性と二人きりで同じ空間にいる。それが偶然ではなく互いの意思があって作られた状況なのだから、ああ……どうして俺は断らなかったんだ。

……いや、断れなかったんだよ。勢いに流されたというか。もしくは動揺して気付いたら同意したことになっていたというべきか。まあ、こうなってしまった以上過程をどれだけ呪っても結果は変わらない。

「ここはよく来る行きつけなんです。落ち着いた雰囲気でコーヒーや紅茶もどれも絶品なので書店で本を買った後に寄って本を読んでいくときもあるんです」

「俺を連れてきちゃってよかったのか？　本を読むんだったら一人の方が捗るだろ？」

「そうですね……。強いて言うのならば思い付き……でしょうか？」

「思い付きぃ？　そんな適当な理由で俺と……？」

「はい、何かおかしいでしょうか？」

異性と二人きりという状況で絶賛心をすり減らしている俺になんたる暴言。やはり意識しているのは俺だけなのか。弄ばれているのだろうか。

「平日に学校がある際の昼休みの時間からは少し過ぎてしまいましたが、昨日も一昨日もあの場所で昼食を一緒に食べました。ですからせっかく出会えた今日もよければと思ったのですが……あっ、もしかしてもうお昼は済ませてましたか？」

「いや、まだ食ってないけど」

マジかよ。そんなこと考えてたのか。

確かにそうだな……。少し時間は過ぎてるが、ちょうどそのくらいの時間だったか。

でも、休日だぞ？　平日とは違うんだぞ？

休日まで俺と飯を食いたいと思ってくれる物好きなのだろうか……。

「それならよかったです。ここは軽食もとってもおいしんですよ。これメニューです」

「ありがとう。三上さんは見なくていいのか？」

「私はたくさん来ているので大体のメニューは覚えてます。いつも頼むものもそれほど変わらないので気にせず見てください」

まあ、常連ともなればその店のメニューは頭に入っているだろうし、冒険しないタイプの人間ならお決まりのメニューというのもあるのだろう。

お言葉に甘えてメニューを開き、流し見していく。

「決めた」

「早いですね。もしかしてサンドイッチのセットですか？」

「……正解」

「ふふ、これも傾向と対策ですね」

爆速で頼むものを決めると三上さんはドンピシャでそれを言い当てた。まあ、俺の昼飯のパターンから絞り込めたのだろうが、そんなしょうもない事を対策して何になるんだ。そして少しドヤ顔なのが普段のクールな印象とギャップがあってなんか、こう……心にくる。

「私はいつもの紅茶とクッキーのセットにします。桐島さんはセットの飲み物は何にしますか？」

「そうだな……。じゃあ、アイスコーヒーで」

「分かりました。では、注文しちゃいますね」

三上さんは手慣れた様子で店員さんを呼びつけてすらすらと注文していく。少し年上に見える女性がオーダーを取りに来てくれたが、その店員さんや他のお客さんから俺達はどう見えるのだろうか？　やっぱりカッ――いや、そういうことを考えるのはよそう。相手は高嶺の花だ。三上さんだって言ってたじゃないか、思い付きだって。彼女にそういう意図はない。だから過度な期待はしない。自爆特攻はナンセンスだ。

　そして待つこと数分。運ばれてきた料理は三上さんの言う通りめちゃくちゃおいしそうだった。サンドイッチは俺の大好物の一つ。だからこそ、少しだけ口うるさいと自負していたが文句なしに美味い。何度も通ってしまいたくなるくらい気に入った。

「美味しいですか？」

「ああ、美味い」

「それはよかったです」

「なんで三上さんが誇らしげなんだ？」

「自分の好きなものを誰かに知ってもらいたい。そして、好きになってもらいたいという気持ちは普通じゃないですか？」

「そういうもんか？」

「はい、そういうものです。好きな時間を共有できるようになるんですから」

　共有、ね。そうだな、楽しいことは一人よりみんなでとどこかで聞いたことがある。この時間は三上さんにとって至福の時間で彼女の楽しみだ。だが、今日俺もその楽しさを知ってしまった。総じて感じる楽しさも二人で二倍ということか。

（……まあ、悪くないか）

　高校デビューに失敗してぼっちになった。クラスでも浮いた存在の俺に絡む物好きは

いない。だが、なんの因果か学校でも屈指の美少女、高嶺の花である三上陽菜だけは俺を放っておいてくれない。

初めは助けてもらった恩があるからだと思っていた。そうじゃなきゃ学年カーストトップの彼女がクラスカースト最底辺の俺に構う理由なんてない。そうだったはずなのに……。お礼を経て貸しは返してもらった。俺と彼女を繋ぐ縁はとっくに切れたはずだった。

だが、それでも三上陽菜は俺を放っておいてくれない。

一人に戻してくれない。それどころかあまり期待はしたくないがあれ以来どんどん距離を詰めてきている……気がする。

そして、そんな関係を……悪くないと思ってしまった俺がいる。

彼女との時間は言葉がなくても居心地が悪くないから嫌いじゃない。

「どうしました？」

「……いや、なんでもない」

どうして？　なんで？　とつい尋ねてしまいそうになった。あえて強い言い方をするのならば、なぜ俺に付き纏うんだと聞いてみたかった。

でも、やめた。理由なんてそんなに重要な事じゃない。

それはそうしたいと思う彼女の気持ちと、それを受け入れた俺の気持ち。

その方向性さえ合っていれば他はどうでもいい。

今は……それでいいんだ。

「今日はありがとうございました。とても楽しい時間でした」

「こっちこそいい店を知れた。ありがとう」

家からそんなに遠くないし休日に通うのもありかもしれないな。

静かで過ごしやすいカフェだったし、勉強道具を持ち込むことも視野に入れておこう。

「遅くなるといけないのでそろそろ帰らないといけないですね」

「そうだな。もう夕方……あっという間だったな」

彼女とエンカウントした時はまだ太陽が高く昇る昼間だったが、そんな太陽も沈みかけて空をうっすらと茜色(あかねいろ)に染め上げている。

思えばよくもこれだけの時間異性と過ごしたもんだ。お互い本の世界に入り込み、言葉のない時間も多かったが、やっぱりそれでも居心地は悪くなかった。こういう時に気まずくならないのは本当に助かる。

「駅まで送っていくよ」

「え……その、お気持ちは嬉しいのですが私電車じゃないですよ？」

「あれ、そうなのか？　駅近の本屋にいたからてっきり電車なのかと思ってたよ。じゃあ、ここらへんで解散だな」

「はい、そうですね。では、また月曜日に」

「ああ、また」

……何の疑問もなくスッと出てきた言葉に驚いた。再び会うことを前提にしたやり取りはなんとも高校生らしく、思わず笑ってしまいそうになる。

また、かぁ。またあのベンチで待ち伏せされてるんだろうな、なんて考えながら俺は帰路への一歩を踏み出した。

「あ」

「え？」


――――――まったく同じ方向へ。


俺達は顔を見合わせた。

そうか。そうだよな。

三上さんは駅に行かなかった。電車ではないから。で、最寄り駅にバス停もあるが駅に用がないということはバスの線も切れる。

よくよく考えてみればあのカフェの常連ということは、徒歩か最低でも自転車圏内。

「えっと……三上さんもこっち？」

「はい、奇遇ですね」

うん、聞くまでもなかった。

しかし、どうしたものか……。

帰る方向が同じなのは仕方のないことだとして、ノコノコ付いていっていいものだろうか？

同じ帰り道を装って家までつけるストーカーみたいにならないだろうか。またどこかで適当に時間を潰して、帰る時間をずらした方が懸命か？

「どうしたんですか？　帰り道、こっちなんですよね？」

「……いいのか？」

「え、帰らないんですか？」

「……いや、帰るよ」

これで何事もなく歩いて、なんで付いてくるんですかと言われた日には傷心で三日は寝込んだかもしれないが……三上さんはまったく気にしてなさそうだな。

じゃあ、俺も気にせず帰らせてもらおう。

「どこまで一緒か分かりませんが、よろしくお願いします」

「あ、いえ……こちらこそ」

夕日を背景にして微笑む三上さんが綺麗で、少しどもってしまった。

思わずまた立ち止まってしまったが、我に返った俺は三上さんの隣を歩く。

俺より少し小さい歩幅。無意識だがそれに合わせて、暑かった昼間とは裏腹に涼し気で心地よい風を感じながらゆっくりと歩く。

「桐島さん、休日はよく遊びに出かけるのですか？」

「……よくってほどじゃないが時々な。今日はたまたま出されてた課題が終わっていたから、気まぐれでそこらへんぶらぶらして暇を潰そうと思ったんだ」

高校デビューに失敗した俺に友達はいない。

つまり遊びに誘ってくる友人もいないため、基本的に休日は暇してる。自分で言ってて悲しくなるな。

「ふふ、気まぐれですか。その気まぐれのおかげで私は有意義な時間を過ごせました」

「……そりゃよかったよ」

確かにそうか。思い返すと三上さんと過ごすことになったのは偶然の連続。

外出することを選んで、たまたま外が暑くて、本屋に涼みに逃げ込んだ。

それがなければ三上さんとエンカウントすることはなかっただろうし、いつも通り寂しくぼっちで過ごすことになっていたかもしれない。

「今日は偶然でしたがとても楽しかったです。よかったらまたお誘いしてもいいですか？」

「……それって、遊ぶ約束ってことか？」

「はい。こうして偶然というのもいいですが、また都合が合えばぜひ」

「……好きにしてくれ。どうせ俺は友達もいないぼっちだ。休日の予定はいくらでも空いてる」

「ふふ、では好きにさせてもらいます」

グイグイくる三上さんのことだ。どうせ断っても断りきれないのが目に見えてる。

それに、俺も三上さんには気を許してしまっている。どのみち学校でぼっちを脅かされるのだから、そこに休日が加わったところで誤差みたいなものだ。

三上さんは三上さん自身の意思で俺に関わっている。彼女が望んで俺に接してくるのなら拒みはしない。

「そうだ。連絡先を交換しませんか?」

「……別にいいけど」

「連絡先を交換しておけばいつでも予定を聞くことができますね」

社交辞令じゃなくてガチで遊びに誘う気満々みたいだな。まぁ、俺の予定を埋めようなんて物好き、今のところ三上さんしかいないから別にいいが。

スマホを取り出して、連絡先を交換した。

その直後、スマホの通知音が聞こえたため、画面を見てみると、今しがた交換した三上さんのトークアプリアカウントからスタンプがきていた。

俺もスタンプを送ると、またすぐにスタンプが返ってくる。会話とは言い難い反応の応酬だったが、不思議と悪い気はしなかった。

そうしているうちに俺の住んでいるマンションが見えてきて、いよいよお別れが近付いてくる。

偶然だったけど、今日一日楽しかった。そのお礼を告げようとしたら、先に三上さんが口を開いた。

「送ってくださりありがとうございます。もうすぐそこなので大丈夫ですよ？」

「……悪い。送ったつもりは全然なかった。本当に俺もこっちなんだよ」

俺は普通に帰ってただけだ。

そもそも送っていくなんて紳士的な考えすら思いつかなかったが、辺りもうっすらと暗くなり始めてきているし、そういう対応もアリか。相手が嫌がらない前提だが。

「そうなんですか？　桐島さんは優しいので気を利かせてくれているのかと思ってました」

「またこういう機会があったらちゃんと申し出るよ。ま、三上さんが嫌じゃなければだけど」

「それは嬉しいです。桐島さんと話すのはとても落ち着くので……楽しみにしてますね」

嫌がる素振りはなしか。

そのまたとやらがいつの機会になるか分からないが、ちゃんと覚えておこう。

暗い夜道をこんな美少女一人で歩かせるわけにはいかないしな。

「あ、ちなみに私はそこのマンションなのですが、桐島さんはどのあたりなんですか？」

「……まじか」

なるほど。それは盲点だったが……三上さんが指を差したマンションは、俺の住むマンションと同じだった。

「俺もそのマンションだ」

「え？」

「まさか同じマンションに住んでるとか……そんな偶然あるんだな」

「ほんとですね」

またしても偶然が重なった。

俺達は顔を見合せて吹き出すように笑い、結局最後まで一緒に帰路を過ごすことになった。


エレベーターに乗り込み、階層ボタンに手を伸ばす。

さすがにそこまで偶然は重ならないのか、住んでる階は違ったみたいだ。

俺は三階で、三上さんは五階。

二人だけの密室から先に降りることになり、俺は振り返って今日のお礼を言う。

「今日は楽しかった。ありがとう」

本当はもっと言葉を選んで色々と言いたいこともあるが、考えが纏まらなかったからシンプルな言葉になってしまった。

特別なことは何もいっていないはずなのに、ほんのりと頬が熱くなる。

「じゃ……またな」

恥ずかしさのあまり逃げ出す直前、不意にそんな言葉を呟いた自分に驚いた。

それと同時にエレベーターの扉は閉まり、三上さんは何かを言おうとしていたが声は聞こえず、小さく手を振る姿を見せて、エレベーターは上に行ってしまった。

「また……か」

行ってしまったエレベーターの前で立ち尽くす。無意識のうちに口から溢れ出たその言葉は、やはり以前の俺には考えられないような言葉だ。

三上さんと、また。

次はいつだろう。昼休み？　放課後？　それとも今日みたいな休日？

そんな風に考えている自分に本当に驚いている。

そんな時、スマホから軽快な通知音が響く。

ポケットからスマホを取りだして覗くと、三上陽菜からの通知が一件。

『また、学校で』

短く簡潔な一文。俺のぼっち生活を脅かす宣言。

でも、やはり――不思議と悪い気はしなかった。

幕間　一緒にいて落ち着く人

一人残されたエレベーターの中で、今日の出来事を思い返します。

偶然書店に居合わせ、困っていたところを助けてくれた桐島さん。私の手では届かない位置にある本を難なく取ってくれたからでしょうか。今まであまり意識する機会がなかったのもありますが、桐島さんは意外と背が高くて、スラッとしているなと思いました。

そんな桐島さんをお誘いして過ごす休日はとても楽しかったです。

桐島さんは本当に一緒にいて落ち着く人です。

聞き上手だからか自然と会話も弾んでしまいますし、言葉が途切れてしまってもその沈黙が居心地よく感じます。

そんな彼と過ごす時間はあっという間で、楽しい時間ほど早く過ぎてしまうというのがよく分かりました。

名残惜しいと思いながらも迎えた帰り道。ですが、偶然にも桐島さんと帰る方向が一緒なことが判明し、別れるまでは一緒なんだなと少し嬉しくなりました。

ですが、一向に別れが訪れないので、桐島さんが気を遣って送ってくれているのかなと思いもしましたが、まさか同じマンションに住んでいるなんて……。

こんなに偶然って重なるものなんですね。

でも、残念ながら住んでいる階層は違うみたいなので、エレベーターで別れが訪れます。

『じゃ……またな』

別れ際にそう言い残した桐島さん。

また、なんて誰でも言うようなありふれた言葉。そのはずなのに、その言葉がとても嬉しいと感じてしまったのは……いったいどうしてなんでしょう?

第4話　待ち伏せモーニング

「ふわぁ……ねむ」

あくびをしながらとぼとぼと歩く。

学生、社会人が忌み嫌う月曜日がやって来た。

憂鬱だよな。憩いの休日が終わりを遂げ、学業や仕事に打ち込む時間がやってくるのだから、気分が落ち込むのも無理はない。

高校生活始まったばかりでこんなことを思うのもどうかと思うが、実際週の初めはだるい。むしろやる気に満ち溢れた状態で通学する人の方が少ない……と思いたい。

ため息を吐きながら通学路の途中にあるコンビニに立ち寄る。日課となっている、本日のご飯を確保する時間だ。

この楽しみがあるから月曜の憂鬱な朝でも頑張れる。選ぶことで楽しみ、俺の糧となるパンをしっかりと見定めて掴み取る。

そのパンを齧ることを待ちわびながら、授業を乗り切る。つまり、このパン選びに失敗してしまったら、今日一日のモチベに影響する。

自動ドアが開き、客が来店したことに気が付いた店員が気だるげな挨拶をする。朝からご苦労様です、ほんと。

若干眠そうにしている店員の立つレジ前を通り抜けて右に曲がると、そこにはパンの陳列棚が広がっている。

だが——そこに足を踏み入れた俺はピシリと固まった。

そこには、三上陽菜がおり、かわいらしい仕草で手に持つパンを見比べていた。

そして、俺に気が付くとパンを置いてこっちを向く。

「おはようございます、桐島さん」

「あぁ……おはよう。なんでここに？」

「ここにいれば桐島さんが来ると思って待ってました」

正直、視界に三上さんが飛び込んできた時は驚いた。

確かに『また』と約束はしたが、会うのは学校だと思っていたから、完全に油断していた。

それにしても……よく分かったな。

前に登校ルートのコンビニで昼飯を買っているという話はちょろっとだけしたが……ああ、だからか。

この前のアレで同じマンションに住んでることが判明したから、自ずと登校ルートも絞れてくる。ただ……。

「少し離れたところにもう一軒コンビニがあるだろ？　俺がそっちに行ってたらどうしてたんだ？」

「……それは盲点でした」

「まぁ、今日はこっちにしようと思ってたからよかったよ」

「また……桐島さんの気まぐれに助けられてしまいましたね」

俺を見つけて若干ドヤ顔気味に胸を張っていた三上さんがシュンとしおらしくなっていく。

クールな姿から少しずつ見えてくる表情の移り変わりがかわいい。朝から美少女オーラで目が焼けそうだ。

「あー、なんだ。せっかく連絡先を交換してるんだから、聞けばいいんじゃないか？」

「……それもそうですね。次からちゃんと聞くようにします」

高校生になった俺が初めて連絡先を交換した相手なのだ。暇な時にスタンプを送るのも悪くはないが、予定を聞いたりするのに活用されるべきだろう。

「おう。じゃあ反省もほどほどにして……今日は何にしようかな」

「桐島さんのオススメはどれですか？」

「え、なんで？」

「今日は私もパンを買ってみようかと思いまして。いつも桐島さんは美味しそうにパンを頬張るので、興味が湧きました」

ほう、それはとても素晴らしいことだ。

いつもちゃんとしたお弁当を持って来る三上さんが、俺の影響でコンビニのパンに興味を持ってくれるとは……しっかりと布教しないとな。

「どういうのがいいんだ？　甘いのか、しょっぱいのか。食パンか？」

「食パンではありません。いつも桐島さんが食べているのがいいです」

しれっと選択肢に混ぜた食パンは却下されたが……俺と同じならジャンルは決まったな。

「そうなると惣菜パン系か。うむ……悩ましい」

「いつもそんなに悩んでいるのですか？」

「いつもはそんな時間をかけないけど、三上さんの口に入るものとなれば軽率には決められない」

「あの……あまり時間をかけると遅刻してしまうので、そんなに悩まなくても大丈夫ですよ？」

俺と店内の壁に設置されている時計を交互に見て、三上さんはおろおろし始める。

いつもギリギリ登校の俺を待っていたから、必然的に三上さんの登校も遅れている。

悩ましい。でも、悩んでいる時間はあまりない。

「とりあえず……多めに買って食べ比べでもするか。普段はそんなたくさん食わないが、別に少食ってわけじゃないし、余ったのは俺が処分する」

「え、あの……」

「じゃ、ちょっと会計してくるから待ってて」

オススメのパンが多すぎて選べないから、手当たり次第に買ってしまおう。

多少多くてもこちとら食べ盛りの男子高校生だ。どうにでもなる。

パンをかっさらい、飲み物もとってレジへと進む。

会計を終え、外に出ると三上さんが「早くっ！」と言っていた。

「桐島さん、急ぎましょう。遅刻してしまいます！」

「……げっ、まじか」

思ったより迷ってる時間が長かったらしい。

三上さんはスマホを開いて今の時間を見せてきており、それが示すギリギリの時間に背筋が凍り付く。

「ほら、行きますよ」

「えっ、あっ……ちょっ」

次の瞬間、三上さんは俺の手を引いて走り出した。

「走れば間に合いそうですねっ」

「……そうだな」

よく考えれば一緒に登校だとか、手を繋（つな）いでいるとか、他に意識するべきことがあるんだろうけど……。

照り付ける太陽と、それに負けないくらい眩しい三上さんの笑顔。

そんな彼女に手を引かれて走る、遅刻寸前の朝。

このシチュエーションが……すごい青春っぽい気がした。


結局、遅刻はしなかった。

朝から走ってドタバタすることになったが、思いのほか悪くない気分だ。

でも、遅刻しそうになって焦るのはこりごりだ。俺みたいなのがちょっとでも遅れてみろ。静まり返る教室で否が応でも浴びせられる視線。悪目立ち待ったナシだ。

もう少し余裕をもって行動しようと思わされた。

別に俺が遅刻ギリギリで登校しているのは、朝起きられなくてとかではなく、ただ単純にホームルームまでの騒がしい教室にいる時間を短くするためだ。

今日は打ち合わせることもなく、三上さんの待ち伏せドッキリが大成功してしまったが、またこういう機会があるかもしれないから気を付けておこう。

別に期待しているとかじゃない。先日の三上さん風に言うのなら、傾向と対策ってやつだ。


その後もいつも通り無難に授業を受け、四時間目の授業となる。この授業を乗り切れば昼休みだと思うと俄然とやる気が湧いてくる……がこの時間は先生の都合で自習となっている。

うるさくしなければ何をしていてもいいと指示を残して先生は慌ただしく去ってしまった。もちろん、何をしていてもいいというのは教科の話なのだが、先生がいないことではっちゃける生徒もそりゃいるだろう。

堂々と後ろを向いておしゃべりに勤しみ出す者もいる。ノートを開く素振りすら見せずに机に突っ伏す者もいる。自習する気はないみたいだ。

しかし、残念ながら俺には話し相手はいないし、先生がいないからといって好き勝手する度胸もない。指示された通りに自習をするしかない。

(やべ、腹減ったな)

だが、いつもより強い空腹感が俺を襲う。

朝走った影響だろうか。今にも悲鳴をあげそうな腹を必死に押さえる。

一部やや騒がしい生徒がいるが基本的にほとんどの生徒は先生の指示に従って静かにしている。そんな中、腹の虫がなったら……考えたくもないな。

そんな恥ずかしい光景を想像してしまったからか、少しだけ暑くなった。

涼し気な空気を浴びれば少しは冷めるかと思い窓を開けると、グラウンドで行われている体育の授業の声が聞こえてきた。

どこのクラスだろう?

このクラスの生徒のことすらよく知らないのに、他のクラスのことなんて分かるわけもないのだが、つい辺りを見回してしまった。

一通り見て、ほら、誰も知らないとノートに視線を戻そうとしたところで——唯一知っていると言っても過言ではない生徒……三上陽菜が俺の目に映った。

体操服の彼女も美少女オーラをひときわ放っている。

そんな三上さんから目を離せずにいると、ふと目があったような気がした。

だが、すぐに視線は逸れた。やっぱり気のせいか。

そう思っていると三上さんは周りをきょろきょろと見渡して、こちらに小さく手を振った。

果たしてアレは俺に向けたものなのだろうか？

ほんの少しばかり自惚れてもいいのだろうか？

そんな葛藤を抱いて目を丸くしていると、心なしか三上さんの頬がぷくーっと膨らみ、怒っているように見えた。

もう、この際自惚れでもなんでもいいか。意を決して俺も小さく手を振る。

すると、三上さんは嬉しそうに微笑んだ……ような気がした。

その後、体育教師の号令がかかり、三上さんに限らず他の生徒も先生の前に集まっていく。

俺もノートに視線を戻して、自習に集中しないといけない。いけないのだが……。

気付くと三上さんを探して、窓の外に視線をやっていた。

その頃には、空腹のことなどとっくに忘れていた。

ろくに集中できなかった自習の時間も終わり、待ちに待った昼休みの時間がやってきた。

いつもより膨らんだ袋を手に、ベストスポットへと向かう。

三上さんは体育の授業だったたから着替えなどもあり少し遅くなるだろう。

いや……ここ最近いつもベストスポットに先回りされているような気もするし、もしかしたら体操服姿のまま来るなんてことも……？

いや、さすがにそれはないだろう。この角を曲がれば……ほら、いない。

「一人で座るのも久しぶりな気がするな」

三上さんにぼっち飯を脅かされる前は一人で使っていたベンチ。何も気にすることなく堂々とど真ん中に腰を下ろしていたのが、今となっては一人分のスペースを空けて座っている。すっかり毒されているな。

暖かな日差しと風を感じながら少し待っていると足音が近付いてくるのが分かった。

そちらに顔を向けると、三上さんが小走りでやってきた。

「お、お待たせしました」

「いや、待ってないよ。体育の後にそんな急いで……大変だったろ？」

「楽しみだったのでつい慌ててしまいました」

体育終わりに着替えてすぐにやってきたのだ。すごく急いだのが見て取れる。

「じゃあ、頂いちゃってもいいですか？」

「どうぞ、お好きなのを」

流れるように俺の隣に着席し、袋に手をかける三上さん。体育の後のご飯は進む派と喉を通らない派で分かれるが、三上さんは前者みたいだ。

「桐島さんのオススメはどれですか？」

「……コンビニでも悩んだが……やっぱり焼きそばパンは安定だと思う。パンも柔らかくて中の焼きそばも美味(うま)い。後、焼きそばがパンパンに詰まってる」

「確かに……パンからはみ出しちゃいそうなくらい詰まってますね」

透明な包装の中に収まる焼きそばパンの様子は外からでも見える。パンの間に挟(はさ)まる焼きそばはたっぷりで、もはやパンにのっている状態だ。

パン×焼きそば。炭水化物×炭水化物。そんなカロリーの暴力を三上さんにオススメして、はっと気が付いた。

これ、女の子に勧(すす)めるのは失敗だったか？

今更ながら若干の不安が俺の中を駆け抜けた。

「じゃあ焼きそばパンをもらいますね」

そう言って三上さんは包装を破り、頬張った。

もきゅもきゅと食べ進める姿が小動物みたいで思わず魅入(みい)ってしまった。

「これ、すっごく美味しいですねっ……⁉　あ、あの……恥ずかしいのでそんなにじろじろ見ないでください……」

リスのようにもきゅもきゅしながらこちらを見て、目が合う。恥ずかしそうに顔を逸らしながらも、焼きそばパンを口から離すことなく食べ進める三上さんはとてもいじらしかった。

「もう、私の方ばかり見てないで、桐島さんも食べないと昼休み終わってしまいますよ？」

「ああ、そうだな」

「もうっ、もたもたしてると私が全部食べちゃうんですからね？」

三上さんから目を離せずにいると、聞き捨てならない宣言を受けた。

全部食べられるのは困る。俺だって腹が減っているんだ。

そこからは争奪戦のように、各々が食べたいパンを手に取り、思うままに貪っていった。

二人で食べるのには少し多いくらいのパンを買ったはずなのに、気が付くと袋は空になっており、空の袋に同時に手を突っ込んだ俺達は……目を見合わせて笑った。

すべての授業が終わり、帰りのホームルームも終わり、放課後へと差し掛かる。

いつものように荷物を纏めて、廊下が混まないうちに教室を出ようと立ち上がったとところで、ポケットに入れてあるスマホが震えた。

こんな時間に通知が来るなんて珍しいこともあるもんだなと思い取り出して画面に指を滑らせると、三上さんからの通知だった。

『一緒に帰りませんか？』

は？

画面を見て固まっていると、再度通知が来て、次のメッセージが表示される。

『では、いつものベストスポットで待っています』

待っていますって……。

おい……返事聞く気ないのかよ……！

少し待って廊下の人波が落ち着いたところで、いつもの場所に向かう。昼飯以外の目的で向かうのは何気に初めてだな。

「悪い、遅れた」

「遅かったので来てくれないのかと思いましたよ」

三上さんは読んでいた本を閉じ、鞄にしまいながら俺をジトーっと見つめる。

驚いて画面を五度見くらいしてたら出遅れたんだよ。

「急だったからびっくりしたんだよ。てか、返事聞く気なかったじゃねーか」

「ふふ、そうでしたか？」

俺に断るという選択肢を与えない強かな立ち回り。どこまで計算してやってるんだか分からんが、結局こうしてここに来てしまった以上、三上さんの手のひらってわけか。

「しかし、なんだって急に……。というか俺にばっかり構ってて大丈夫か？　三上さんにも友達付き合いとかあるだろ？」

「そうですね。なので、桐島さんと帰ろうと思いました」

「……そうかよ」

「そうです」

恥ずかしげもなくそういうことを言う。

まあ、三上さんが好きでやってることなら別に文句はないが。

それに……俺だって嫌じゃない。

しかし、友達か……。

まさか俺の第一友達が高嶺の花になるとは……何が起こるか分からないもんだ。

「どうかしましたか？」

「いや、なんでもない。それより、行こうか」

少しだけ顔が緩んでしまった気がする。

俺はそれを誤魔化すように三上さんに背を向け、彼女が立ち上がるのを待って歩き始めた。

校門を出て、なぜか家とは反対方向に歩き出した三上さんに俺は恐る恐る声をかける。

「あのー、三上さん？　そっちは逆方向ですけど、もしかして迷子？」

「迷子ではありません。寄り道です」

また突拍子もない。しかし……寄り道か。

なんというかこう……青春っぽい気がする。

「今更ですが、桐島さんは部活には入ってないのですね？」

「ああ。三上さんは？」

「私も入ってません」

「そうなのか。三上さん、運動神経よさそうだし、なんかもったいないなー」

「……ああ、そういえば体育の時……。授業中に余所見(よそみ)はいけませんよ？」

「自習だったんだよ。それに、そっちだって手を振ってただろ」

「そういえばそうでしたね」

授業中に余所見をしていたのはお互い様だ。

「そういう桐島さんはどうなんですか？　部活動に興味はなかったのですか？」

「一人暮らしだからなぁ。部活動で遅くなると色々大変そうだから、部活動所属が強制じゃなくて助かったよ」

学校によっては全生徒部活動の参加が強制されるところもあるが、この学校は自由だ。

一人暮らしをしている身としては、部活動強制参加で疲れ、生活リズムを崩して学業も疎かになるというのは避けたかったので、その点に関しては本当によかったと思っている。

　間違って運動部なんか入ってみろ。クタクタになって帰宅して、飯を用意しようとしたところで力尽きる自信がある。なんならそのまま寝落ちとかして、課題もやらない。遅刻もしまくる不良生徒に成り下がる未来まっしぐらだ。

「ああ、そういえば桐島さんがエレベーターを降りたのは三階でしたね」

「そうだが……何か関係あるのか？」

「あのマンションは五階から上はファミリー用で、それより下の階は単身用なんですよ」

「そういうことか」

　なるほど。この前の土曜日の別れ際で、俺が三階に住んでいるというのは三上さんも既に知っていることだ。だから一人暮らししてることに対する納得も早いようだ。

「一人暮らしは高校からですよね？　どうですか、慣れましたか？」

「ぼちぼちだな」

　ようやく慣れ始めてきたところだが、初めは環境の変化などで風邪をひいてしまい、おかげで入学式も休むはめになってしまった。

　今までみたいに起こしてくれていた親はいないし、朝起きるのにも一苦労なんだよな。

「この歳で一人暮らし……偉いですね」

「親の方針なんだよ。ま、確かに一人暮らしに慣れておいた方が大学生活とかでは役に立ちそうだし、俺自身一人暮らしには前向きだったから文句があるわけじゃないが……思ったより大変だし、親のありがたみを感じるよ」

「そうですね。いい経験になるとは思いますが……大変そうだというのも否めませんね」

「……悪い。愚痴るつもりはなかった」

早口でまくし立てる俺に三上さんは困ったように反応した。

不安をぶつけるみたいな形になって申し訳なく思う。

「せっかく家も近いことですし……困ったことがあればなんでも頼ってくださいね？」

「……ああ、そうさせてもらうよ」

優しい口調で、俺の顔を覗き込む三上さんの心配そうな表情が、温かくて心に染みた。

「しかし、よくよく考えれば桐島さんが一人暮らしだということは予想できたはずなのに、それを考慮せずに連れ回してしまってすみませんでした」

「別にいい。むしろ助かってるよ。どうせ帰ってもぼっちだ。たまにはこういう日があってもいいだろ」

俺のぼっちを脅かす唯一の知人にして友人。

元々遠慮なんてなかったんだ。思うがままに脅かせばいいさ。

「せっかくの寄り道だ。辛気臭いのはなしにしよう。それで……どこに連れていってくれるんだ？」

「向こうの通りに新しくクレープ屋さんができたみたいなので行ってみたいです」

「クレープか。いいな」

「お昼はパンをたくさんご馳走してもらったので、クレープは私がご馳走しますよ」

「そりゃ楽しみだ」

そんな学生らしい会話を楽しみながら、家とは逆方向に突き進んでいく。

そんなぼっちを脅かされた放課後も、悪くないと思った。


クレープを頬張りながら、三上さんと歩く帰り道。家とは逆方向に進んだとはいえ、徒歩圏内の高校だ。寄り道があったとはいえ、それなりに早めの帰宅となる。

マンションに到着し、エレベーターに乗り込む。それぞれの階のボタンを押すはずなのだが、なぜか三上さんとボタンを押す指が重なった。

「え？」

「あ、お構いなく」

何がお構いなくなのか分からんが……まぁ、いいか。

三階に止まるエレベーター。そこで俺は降り、三上さんに一言今日のお礼をと思って振り返ると、なぜか三上さんも降りていた。

「この階に何か用事でもあるの？」

「いえ、お構いなく」

なんでもないと言って薄く微笑む。

何を考えているのか分からないが、また突拍子もないことをしでかしそうな予感がする。

そうして少し歩くともう俺の部屋の前だ。

相変わらず三上さんは俺の隣をぴったりと付いてきている。

「あのー、もう俺の部屋着いちゃったけどー？」

「お構いなくー」

「……もしかして上がろうとしてる？」

「はい」

「それは構うんだが⁉」

何がお構いなくだよ。

構うわ。しれっと付いて来てるなと思ってたけど、最初から上がっていく気だったのかよ。

この子、朝も帰る時もそうだったけど、まじで事前相談なるものをしないな。

くそ、寄ってくというのが先に分かっていたら何かお菓子とか買うこともできたのに……。

いや、とりあえずそれはいい。

それよりも家の中だ。人を招くことなんて考えてなかったから好き放題散らかしてるぞ？

「悪い、ちょっと片付けるから待っててくれる？」

「あ、お構いなく」

「こっちが構うんだよ！　十五分……いや十分待ってくれ！」

三上さんには悪いが少し待っててもらう。

勢いよく扉を閉めて靴を脱いだ俺は、散らかった家の片付けに奔走するのだった。

「はぁ……はぁ……待たせた」

「お構いなく。ですが、男性のお部屋にお邪魔するのは初めてなので、緊張しますね……」

おい、さっきまでずっとお構いなくｂｏｔだったのに、急にそんなもじもじするなよ。意識しないようにしてたのに、俺まで緊張してくるじゃないか。

高校生になって初めて家に上げる友達がまさかの異性で、入学してまもなく高嶺の花と呼ばれ出した美少女三上さんになるとは……どんな偶然が重なったらこんなことになるんだ。

これまでに告白して玉砕（ぎょくさい）してきた奴らに知られたら暗殺とかされるんじゃないか？

「どうしました？」

「……いや、なんでもない。とりあえず……どうぞ」

「お邪魔します」

こうして、初異性の子を家に上げるという高校生にとっての一大イベントを経験することになりました。

三上さんが意識させるようなことを言うので、緊張で手汗がやばいです。

そのままリビングに通して、三上さんに楽にしてもらう。

三上さんがきょろきょろと周りを見回しているのはなんだかむず痒(がゆ)いが、特段珍しいものもないだろう。

「単身用の間取りはこんな感じなんですね」

「至(いた)って普通の1LDKだよ」

三上さんの住む家族用の間取りがどんなもんなのかは知らんが、それに比べると少し狭めの間取り。それでも、1LDKともなれば、一人暮らしには広すぎるくらいだ。

しかし、あまりまじまじと見られると気が気でないな。急ぎとはいえ人を上げられるくらいには片付けたし、見られて困るものもないから大丈夫だと思いたいが……。

気になるところがあるとすれば、家具などが少ないと思われることくらいだろうか。

物欲がないわけではないが、今は最低限の家具しかない。三上さんを床に座らせてもてなすわけにはいかないので、とりあえずテーブルとソファがあってよかったと思っている。

「三上さんは何飲む？　お茶、オレンジジュース、コーヒー、ココア」

「コーヒーをいただけますか？」

「了解。ホット？　アイス？」

「ホットでお願いします」

「ミルクと砂糖は？」

「ブラックでお願いします」

三上さんのオーダーを受けて、ホットコーヒーを二つ入れる。

なんとなく今のやり取りがカフェみたいだなと思い、マグカップを持っていき片方を三上さんの前に置く。

「ふふ、なんだかカフェの店員さんみたいでした」

どうやら三上さんも同じように思っていたのか、くすりと微笑む。

そんな俺特製インスタントコーヒーを啜って一息ついたところで三上さんに尋ねる。

「で……なんだって急に俺の家に来ようと思ったわけ？」

「なんとなく気まぐれです」

「気まぐれって……そんな理由で男と二人きりになる家に上がるか？」

「今更ですね。二人きりにはこれまでだって何度もなっているじゃないですか」

「そりゃ……そうだけど。学校や街中と違って家だぞ？　なんかあったらやばいだろ？」

三上さんはもう少し男との距離感を考えた方がいいと思う。

俺が偶然助けた時だって、力で勝てない男に摑まれて、暴力を振るわれてしまったかもしれないというのに、そのことをもう忘れてしまったのか。それとも……俺が男というカテゴリーから除外されているのか。甚だ疑問だ。

「桐島さんのことは信頼してますので」

「この付き合いの短さで何を根拠に……」

「強いて言うのなら女の勘ですね。女の勘って意外と当てになるんですよ？」

「……さいで」

「そうです。それに……もし桐島さんがそういう目的で私に接するつもりなら、私がお礼をしたいと言った時にもっと考えたはずです。まず断ったりはしないでしょう」

む、それもそうか。

いやいや、それでも。三上さんは超絶美少女なのだという自覚をもって、男を勘違いさせるようなことはしない方がいい。

「それとも……桐島さんは私と二人きりになってドキドキして、変な気を起こしたりしてしまいますか？」

もじもじと恥ずかしそうに。それでいて少し煽り気味に口元に笑みを浮かべた表情で見つめてくる三上さん。いったいどういう気持ちで言っているのか分からない。

「……ドキドキは、するけど……変な気を起こすつもりは……今のところない」

「ふふ、そうですか。やはり私の勘は正しいですね」

「……もういい、負けだ。好きにしろ」

「はい、好きにします」

そう言ってマグカップに口を付ける三上さんのしてやったりという顔が脳裏に焼き付く。

くそ、超絶美少女がぼっち陰キャの純情な心を弄ぶなよ。

「しかし、桐島さんの家は落ち着きますね」

「そうか？　三上さんのとことと多少間取りが違うだけだろ？」

「出してもらったコーヒーの香りもあり、静かで落ち着いた雰囲気が好きなカフェに似ているからかもしれません。ここで宿題とかやったらとっても捗りそうです。また今度宿題が出た日はお邪魔してもいいですか？」

「……いいけど、事前に教えてくれよ？　そうすれば茶菓子の用意とかできるしな」

いきなりだと片付けもできないし、もてなす準備もできやしない。

今日だって慌てて片付けしたからめっちゃ疲れた。

「そうですか。では、また明日お邪魔します」

おい、早いな。入り浸る気満々かよ。

まあ……事前にちゃんと聞いてくれるのならいいか。

俺の朝は早いわけでもないが遅すぎるわけでもない。

このマンションは俺の通う高校から近く、通学時間もそれほどかからないため、本来ならばもっと寝ていてもいいのだが、それでも少しばかり時間に余裕を持って起きることを心がけているのには理由がある。

理由の一つとして大きいのは、不測の事態の際にリカバリーが利かないからだ。

今の俺は親元を離れて一人暮らしをしている。そんな俺が寝坊でもしてみろ。それだけで遅刻確定だ。

遅刻しそうだから車で送ってもらうといった手段も取れない。また、起こしてくれる人もいないため、二度寝なんかも天敵だな。

だから、通学時間の短さに甘えてギリギリまで睡眠を享受するというのはリスクがある。

眠くても身体を起こして、人を二度寝に誘う温かい布団から速やかに脱出。

顔を洗い、歯磨きをし、朝のコーヒーの準備をしながら完全に覚醒するのを待つ。

「……よし、目が覚めた」

グッと身体を伸ばし、すっきり目が覚めたことを確認して一安心する。

こうして余裕のある起床をしたところで早めに登校するわけでもないが、いつでも家を出られるように準備をしてからダラダラと過ごす時間はまた格別なのである。

しかし、余裕ある起床といっても、遅刻しないための余裕だ。しっかりとした朝食を作ったり、ましてや三上さんのようにお弁当を作ったりする時間には到底足りない。

まぁ、何が言いたいかというと、世の中の早起きしてる皆さんは、とても偉くてすごいってことだ。

「いただきます」

制服に着替えて簡単に朝食を取る。コーヒーを啜り、食パンにかじりついて、テレビでもつけてニュースかなにかでも観ようとリモコンに手を伸ばしたところで……チャイムが鳴った。

「は？　こんな朝早く誰だよ……」

平日の朝にチャイムが鳴るなんて珍しいこともあるもんだ。ご近所で何かあったのだろうか。

宗教勧誘みたいなのが来てたら無視してやろうと意気込んで壁に設置されているインターホンのモニターを覗くと……笑顔の三上さんのご尊顔が映し出されていた。

驚いて咥えていたパンを落としそうになり、少し慌ててキャッチする。そうしているうちにモニターは暗転し切れてしまった。

よし、何も見なかったことにしよう。

そう思いリビングに戻ろうとすると、再びチャイムが鳴り、モニターには少し不満そうに頬を膨らませる三上さんのご尊顔が映っていた。心なしかさっきよりもアップになっているような気がする。

　このまま放置したらどうなるのか気になるところだが、若干涙目になっているような気がしなくもないので応答することにした。

「ちょっと待ってろ」

　わざわざインターホン越しに話すのもアレだと思い、一言残してインターホンを切り玄関に向かう。

　扉を開けると、ふぐみたいにほっぺを丸くしている三上さんがかわいらしく威嚇していた。

「どうして一回目で出てくれないんですか？」

「悪かったって。びっくりしてパンを落としそうになって慌ててたら切れちまったんだよ」

「むっ、それなら仕方ありませんね」

　俺の右手に鎮座するかじりかけのパンが何よりの証拠だ。

「あっ、おはようございます」

「おう、おはよう」

「約束通り来ました」

「約束……なんかしてたか？」

　少し遅れた挨拶を経て、三上さんは自慢げに胸を張った。

　やめなさい。朝から美少女オーラが眩しい。

しかし、約束なんぞしていただろうか？

うっかり俺が見落としているだけで、三上さんから何かメッセージが届いているのかと確認してみるも、通知は来ていない。

はて、約束とはいったいなんのことだ？

「忘れたんですか？　明日も来ると言いましたよね？」

「あー、はいはいはい」

でも朝だとは思わないじゃん？

てっきり放課後に寄って入り浸るもんかと思ってたけど、その事前予告は朝も適応されてるんか……。

「まぁ、いいや。入れるまでそこで粘りそうだから、入ってくれ」

「はいお邪魔します。あ、マスター。モーニングコーヒーをお願いします」

「はいよ」

俺は残りのパンを口に詰め込んで、三上さんのコーヒーを用意する。

しれっとマスター呼ばわりされたけど、別に悪い気はしない。

昨日は店員さんだったからむしろ格上げだな。

「それにしても……よくアポなしで来たな。俺がもう家を出てるとは考えなかったか？」

「それはありませんね。昨日桐島さんがコンビニに到着した時間から逆算しました。それに……桐島さんがいつも遅刻ギリギリに登校してくることはもう調べがついてます」

「さいで」

まぁ、ドヤ顔でご高説いただいたが、実はハズレパターンも存在する。

俺が家でなくコンビニで時間を潰すパターンもあるのだが……得意げな三上さんに免じて黙っておこうか。

「ほれ、モーニングコーヒー一丁」

「ありがとうございます。あれ、この温度……」

「ああ、昨日は熱々で出したやつを結構冷まして飲んでたから、猫舌なのかと思ってちょっとぬるめで出してみたんだが……違ったか？」

「……よく見てますね。さすがマスターです。毎日通います」

「おい」

「冗談じゃありませんよ？」

さいで。

三上さんが常連客にランクアップしてしまったようだ。

どんどん俺のぼっちが脅かされる範囲が広がっていくな。

まるで侵略者みたいだ。

その後、三上さんがちびちびとコーヒーを飲み切るのを待って、登校することになる。

「なぁ……本当に一緒に行くのか？」

「はい。何か問題でも？」

「三上さんと登校すると目立つんだけど……学校近くなったら別れて時間差で校門通過しない？　ほら、よくあるだろ？　マラソン大会とかで一緒にゴールしようなって約束したやつに裏切られて先に行かれるみたいな感じで」

「あぁ、ありましたね。そんな友情破壊イベントなるものが」

「で、どうだ？」

「そうですね……嫌です、と言っておきましょうか」

「そうかぁ。嫌なのかぁ」

割といい提案だと思ったんだが、真顔で却下されてしまった。

昨日は遅刻寸前に走ってそんなこと気にする余裕もなかったけど、落ち着いて登校してると凛とした立ち振る舞いで隣を歩く三上さんから放たれる圧倒的な美少女オーラをひしひしと感じるんだ。

別にそれ自体はいいんだ。どうせ放っておいても三上さんは俺のぼっちを脅かしにくる。今はまだ眩しすぎる美少女オーラもそのうち慣れると思いたい。

だが、目立つ。

俺みたいなクラスの溢れ者が圧倒的カーストトップの三上さんと共にいる光景は周囲の者にどんな風に映るだろうか。

三上さんは周りなんて関係ないと言うけれど、ぼっちは周囲の視線に敏感なので、完全に無視することなどできやしないのだ。

「いいではないですか。むしろ見せつけてしまえば周りの方達も押し黙るのではないですか？」

「……やめてくれ。俺の心臓まで沈黙してしまう」

すすっと擦り寄ってくる三上さんを躱して少し距離を取る。この子の距離感バグってるんかってくらいグイグイくるね。

「別に登校くらいでそんな気にする必要ありませんよ。偶然鉢合わせた同じ学校同じ学年の生徒と、偶然校門前まで一緒に来るなんてよくあることです」

「なんとまあ清々しいほどのでっちあげ」

何が偶然だ。朝から家に押しかけといて偶然を言い張るのは図々しいにも程がある。

「いいじゃないですか。私が朝から桐島さんの家を訪ねたのも、これから一緒にコンビニに寄るのも全部偶然です」

「偶然の意味を検索してきなさい」

三上さんはぷいっと顔を逸らした。

まぁ、いいや。諦めも肝心だしな。目立つには目立つが……幸いにも学校に到着する頃には遅刻ギリギリの時間だ。

そんな時間に登校する俺達のことを目撃する生徒は少ない……はずだ。

「そういえば朝から来たけど、放課後はどうなんだよ？」

「放課後も寄っていけばいいですか？」

「いや、別にそうは言ってないけど……来るなら来るで先に言ってもらえたら準備できるし」

「……ちなみに準備というのは？」

「コーヒーに合うお菓子を用意するとか？」

「それは素敵ですね。お邪魔しないわけにはいきませんさいで。

一応聞いておいてよかったかな。そもそも俺は放課後に来ると思っていたんだ。

朝から突撃されるとは思ってもみなかったし、昨日の今日なので出せる菓子もない。

しかし、この会話だけを切り取ると、お菓子につられて男の家に上がり込む三上さんというなんとも言えない構図だな。

これまで三上さんに告白して、玉砕してきた数多の男子達はこれを見てどう思うだろうか……。血眼になって俺を殺しに来そうだ。

まぁ、そっちは別にバレないだろうし、問題は学校生活の方か。

「考え事ですか？　前を向いて歩かないと危ないですよ？」

「……あぁ、悪い」

三上さんが上目遣いで俺の顔を覗き込んできて、心臓が跳ねた。

この美少女、顔が良すぎるので何をしてもドキッとしてしまう。

なんだろうな。こんな風にちょっとでも優しくされたら、コロッとおちて告白してしまいたくなる気持ちもなんとなく分かるかもしれない。

高嶺の花に玉砕覚悟の告白なんてバカだなと思っていて悪かったよ、これまで振られた男子諸君。

「そういえば……まだ告白とかされてるのか？」

「まぁ、ぼちぼちといったところでしょうか。結構な数断ったのでそれも噂されて数は減っているのですが、それでもまだ収まりませんね」

「まじか。さすが高嶺の花。えげつないな」

普段人とあまり話すこともない俺でも、三上さんに告白して振られたという話はよく耳にする。それだけ噂になっていれば三上さんが誰かと付き合う気はないと意思表示をしているようにも思えるのだが、数が減っているとはいえ、それでも告白が後を絶たないのは三上さんのモテ度合いが凄まじいのがよく分かるな。

「しかし、それだけ告白されてたら返事するのも大変じゃないか？」

「今はそうでもありませんよ。桐島さんに助けてもらった際の教訓で、人気のない場所への呼び出しなどは無視するようにしていますので、大半は返事すらしていません」

へぇ、距離感ガバガバだから少し心配していたけど、ちゃんと考えているんだな。

「クラスの友達にも協力してもらって、なるべく一人にならないように心がけています」

「……じゃあ、人気のない俺のベストスポットに先に一人でいるのは？」

「それはっ……桐島さんが来れば二人になるので何の問題もありません」

問題あるだろ。

それかやっぱり、俺は男としてカウントされていないのだろうか。

「私のこと……心配してくれるんですか？」

「そりゃまあ……色々とな。前に話した噂のこともあるし、三上さんの動向が気になるやつに尾行されてないか、とかな」

「そんな表立って怪しいことをしてる人がいればすぐ分かります。自慢ではありませんが、そういう視線には敏感なつもりですので」

そりゃそうか。その美貌で視線を集めてきた三上さんが言うと説得力があるな。

「でも、心配してくれてありがとうございます。私も用心はしておきますが……何かあったらまた偶然、助けてくださいね？」

「……分かったよ」

偶然助けてってなんだよと思ったが、口には出さないでおいた。

まぁ、三上さんもモテすぎるが故の苦悩もあるみたいだし、その対策もきちんとしている。

俺への距離感がおかしいから心配だったけど、意外としっかりしているから大丈夫そうだ。

「あ、昼飯買いたいからコンビニ寄っていいか？」

「いいですよ。私も偶然コンビニ寄りたい気分でした。ね、偶然会って、たまたま一緒に登校している桐島さん？」

……でも、偶然の意味は調べ直した方がいいと思う。


いつも通りギリギリの時間に教室に到着する。後ろの扉を静かに開けて、なるべく気配を消して席に着く。

大丈夫。誰も俺のことなんて見向きもしない。自分で言ってて悲しくなるが。

もし俺が高校デビューに失敗しなければどうなっていたんだろうか、なんて仮定の話はいくらでもできる。

グループに入って、仲のいい友達もできていたかもしれないし、持ち前の陰キャオーラで人を寄せつけずに現状と何も変わらない立ち位置だったかもしれない。

別に中学の時は生粋(きっすい)のぼっちというわけでもなかったし、俺の行動次第ではどうにでもできたのだろうが、いかんせん一人の気楽さを気に入ってしまった。高校デビューに失敗したことをやらかしてしまったと思いつつも、結果オーライとさえ思ってしまっていた。

（……そのはずだったんだけどな）

でも、たった一人。

俺のことを放っておいてくれない友達ができた。

友達というにはかなり歪な関係だとは思うが……そうだな、彼女の真似をして、偶然とでも思っておくか。

そう考えると、少し。ほんの少しだけ、この当たり障りないスクールライフにも色がついたような気がした。


この日は一時間目の授業から移動教室だったので、教科書やノートを持って移動していると二組……三上さんのクラスの前を通りかかった。

少し歩く速度を落として、横目で教室を覗くと、圧倒的な存在感を放つ彼女の姿はすぐに発見できた。

休み時間ということもあり、女子生徒同士で談笑しているようだ。

朝に言っていたクラスの友達に色々協力してもらっているというのも本当みたいだ。

三上さんだしな。俺と違ってクラスに友達がいるのは当たり前か。

そうして三上さんが友達と喋っているのを見て、俺が一安心するのもおかしな話だが、ちゃんと友達がいるようで安心した。

まあ、三上さんからすれば、俺に心配される筋合いはないと思うが。むしろ、俺の方こそ友達がいないことを心配されてそうだな。

そんな自虐的なことを思いながら三上さんのクラスを通り過ぎるほんの一瞬、三上さんがこちらを見ていたような気がするのは……きっと気のせいだと思う。


昼休み。

もはやいちいち示し合わせることでもない。相変わらず三上さんは俺のベストスポットの半分を占領していた。

そんな彼女を射貫（いぬ）く俺の瞳はやや鋭いものになっているだろう。

別に怒っているとかではない。いや、やっぱりちょっと怒っているかも。

朝まで感じていた三上さんへの感謝というかありがたみというか……そういう前向きな想いが少し薄れたような気がする。

ゲームなどにたとえるのなら『好感度が少し下がった』といったところか。

そんな俺の不機嫌オーラを感じ取ったのか、ベンチに座って俺を見上げる三上さんの表情が少し強張（こわば）った。太陽の位置の関係で、三上さんを俺の影が覆い、ひどく追い詰めているような雰囲気になる。

「何か申し開きはあるか？」

「……と、特には」

「そうか。ならいいや。隣、座るぞ」

「あ、はい」

三上さんの隣に腰を降ろして、目を瞑り大きく息を吐いた。

なんだろうな。ちょっと怒っていたはずなのに、どうしようもなく落ち着く。息苦しさから逃げるために見つけたベストスポット。それを三上さんに侵されているのに、心安らぐ効果は変わりないどころか向上しているような気さえする。

日差しも温かいし、いちいち怒るのも面倒くさくなるな。

どうでもよくなってきたし水に流そうかと思っていると、俯いた三上さんが小さく呟いた。

「あの……休み時間の……怒ってますか？」

「怒ってない」

「嘘です。怒ってます」

「じゃあ怒ってる。なんであんな目立つことするんだよ」

何があったのかというと、遡ること数時間前の休み時間の話だ。

ちょうど三上さんのクラスは移動教室で、俺のクラスの前を通った。

そして、何を思ったのか微笑んだ三上さんは俺のクラス——というか俺に向けてガッツリ手を振り、さらにはウインクまでする始末だ。若干できてなかったけど。

それによって俺のクラスは大盛り上がりだ。

あの三上さんが俺に手を振っただの、天使が微笑んでるだの、たいそう賑やかになった。

単純でバカな男どもはそれが自分に向けられたものであると言い争いを始めるし、なんなら女子でも心を射貫かれた者もいるのかキャーキャー黄色い声が飛び交って、通りかかった先生に注意されるほどだった。

いや、本当にえげつない。美少女の影響力の凄まじさを改めて痛感したよ。

しかし、あまりにも軽率すぎる。

自分がすごくモテるということを理解しての行動なのだろうか。

「どうするんだよ。俺のクラスの男女、三上さんに告白するーって息巻いてたぞ」

「そうですか。それは困りましたね。私は桐島さんに向けて手を振ったつもりなのですが」

「勘違いでも思い込みでも、三上さんがそういうことするだけで男共は盛り上がるんだよ。女子にまで影響あるんだから相当だぞ」

「では、どうすれば桐島さんにちょっとした挨拶ができるでしょうか？」

三上さんからすれば、廊下ですれ違う友達に「調子はどう？　今度遊ぼ」くらいのノリなんだろう。分かるよ……いや、やっぱ分かんないわ。俺、友達いないし。

「直接声をかけるのは嫌がるかなと思ったのであしてみたのですが……ままならないものですね」

そう考えると、三上さんもかなり譲歩してくれたんだとは思う。

無遠慮に名前を呼んだり、わざわざ俺の席までやってきたり、そういうことはしなかったから最大限の配慮はされていたんだろう。

「別に休み時間も無理に構おうとしなくていいぞ。朝も昼も、放課後も会うんだ。短い休み時間くらい、友達との交流に使ってやれよ」

「……するな、とは言わないんですね」

「じゃあするな。やめろ。今後一切禁止」

「嫌です。今後一切禁止にすることを禁止します」

知ってたよ。

三上さんが言われて素直に言うこと聞いてくれるとは元から思ってない。

「分かりました。私もこれ以上騒ぎにするのは本意ではないので、しばらくは大人しくしておこうと思います。ですが……それ以外の時間では、遠慮しませんからね」

「しろ」

「だから、嫌ですよ」

さいで。

まあ、変に目立たないなら別にいいか。よくないけど。

「そういえばどうでしたか？」

「ん、何が？」

「私のウインクですよ。ちゃんとできてましたか？」

「いや、微妙だった」

「え」

気にするところそこなんだとやや呆気に取られたが、聞かれたことには答えよう。

正直、三上さんのウインクは綺麗には決まっていなかった。そんなありのままの感想を告げると、三上さんは口を開けて固まってしまった。

でも、その不格好なウインクをかわいいと思い、見惚れた単純な者も多いだろう。

「えー、今度鏡で練習します。えい、えい」

そう言って俺に向けて綺麗ではないウインクを三上さんは繰り広げる。

綺麗に決まるウインクの効果音がパチッなら、三上さんのはしょぼしょぼーんって感じだ。

だが、そんなしょぼしょぼのウインクから目が離せない。

認めたくないが——俺もその不格好なウインクに見惚れてしまった一人なのかもしれない。


放課後、いつもの場所という名の旧俺のベストスポット、現俺達のベストスポットにて三上陽菜を待つ。

今日は教室脱出に時間を要さなかったので俺が一番乗りなのだが……待ち人は来ない。

「もしかして……俺が勝手に待ってるだけか？」

よくよく考えてみれば放課後に家に招く約束はしたが、一緒に帰る約束はしてなかった。前回と違って三上さんからメッセージがあったわけでもないし、ここで待ち合わせるといった話もしていない。

つまり、これは俺が一人で勝手に待っている……ということか。気付いてしまうと恥ずかしい。三上さんと一緒に帰るのだと思い込んでいたみたいで、なんとも言えない気持ちだ……。

「急いで帰るか……っ」

こうしちゃいられない。

先に到着した三上さんがインターホンを連打して、開けてもらえないことにむくれて涙目になっている未来が見えた。

それはそれで見て見たい気持ちも芽生えるが、俺の家の前で女子高生が泣く構図は傍から見れば事案が過ぎる。

ベンチから腰を上げて、少し早足で進む。

ちょっと慌てていたからだろうか。

まさか、こんなところにやってくる物好きはいないだろうと高を括っていた。

そんな俺は、その曲がり角で誰かとぶつかってしまう。

「おわっ」

「きゃっ」

次の瞬間、考えるより先に身体は動いていた。

倒れそうになる彼女の手を引き、腰の方に腕を回して抱き留める。

なんとか受け止めることができた。柔らかい感触。鼻先を通り抜けるいい匂い。

強く引き寄せてしまったから密着してしまい、温もりが伝わる。

「あ、あの……」

「わ、悪いっ」

この不純異性交遊一歩手前なまずい状況に気付いた俺は、慌てて彼女――三上陽菜から離れた。

「悪い、わざとじゃないんだ。なんでもするから許してくれ」

「ふふ、分かっていますよ。むしろ助けてもらったのは私の方なので、そんなに謝らないでください」

三上さんは触られたことを怒っていないのか、寛大な心で許してくれた。

「こちらこそ急いでいて不注意でした。桐島さんに怪我はありませんか？」

「あ、あぁ。俺は大丈夫。三上さんは？」

「私も大丈夫です。桐島さんが情熱的に受け止めてくれたので……」

おい、頬を染めるな。

こっちはガチで焦ったんだぞ……。

「しかし……桐島さんはどちらに行こうとしていたのですか？　まさか……私を置いて帰ろうとしていたとかではないですよね？」

「え、いやー……どうだったかな？」

「置いていこうとするなんて酷いです。恥も外聞もなく泣きわめきますよ？」

「やめて！　俺が社会的に死ぬ」

こんな人気のない場所で、男と二人きりの超絶美少女が泣きわめいてみろ。受け止める時に若干制服も乱れてしまったので、どこからどう見ても通報案件だ。

ましてや人目のない場所での出来事。

カーストトップの三上さんと、クラスの溢れ者の俺では発言力に差がありすぎる。

三上さんが白と言えばカラスも白くなる……とまではいかないかもしれないが、言動に影響力があるのは、今日のアレでよく分かっている。

「別に置いて帰ろうとしたわけじゃない。ただ、こっちで待ち合わせする約束はしてなかったから、俺が一人で待ってるだけかもって……」

「……あれ？　そうでしたっけ？」

「ああ、よく考えたらしてない」

「でも、こうしてここに集まってしまいましたね。特に意識はしていませんでしたが、早く行かなきゃと私も思ってました」

なるほど、ベストスポットに集合するものだと三上さんも勝手に思っていたということか。

なんたる偶然……。うん、これはちゃんと偶然だ。

「では、想いが通じたということにしておきましょう」

「そうだな」

勝手に待ち合わせた俺と、勝手に待ち合わせた三上さん。偶然にも想いは通じたのか、引き合うようにここにやってきた。

「それにしても……思ったより遅かったな」

「それに関しては申し訳ありません。少々足止めを食らってしまいました」

「足止め……？　ああ、言い寄られたか？」

「はい、やはり桐島さんの忠告通り、軽率な行動は控えた方がよさそうですね」

「大変だなぁ。ま、自分で蒔いた種だ。頑張れ」

「他人事だと思って」

「実際他人事だしな」

足並みを揃えて帰路につきながら、三上さんは眉をひそめて、少し不満そうな反応をした。

やはり三上さんの起こした騒動はその影響も計り知れない。

ジトリとかわいらしく睨んでくるが、三上さんがモテるのに俺は一切関係ないからな。

「それより……さっきなんでもするから許して、と言いましたか？」

「……言ってない」

「言いましたね？」

「いや……」

「何をお願いするか楽しみですね」

くそ、早まったか。

だが、三上さんに通報されて、退学を余儀なくされるよりはマシだが……どんな言うことを聞かされるのかが怖い。

「あ、そうだ。今週末デートしましょう。なんでも言うこと……聞いてくれるんですよね？」

「は？」

「では、そういうことなので、よろしくお願いしますね」

今日一番とびっきりの笑顔で微笑み、バッチリ決まったウインクを携えて、爆弾を投下した三上さん。

情報を処理しきれず、家に帰るまでのことを何も覚えてないくらい俺の頭は真っ白だった。


その後、俺は気付いたら自宅にいた。いつの間にかソファに腰掛けており、朧げな記憶を辿って状況把握に努める。

いつ、どのように帰宅したのかまったく覚えていないが、三上さんにいたずらされていたことはなんとなく分かる。そして、今もその最中だ。

並んで座っている三上さんが俺の頬をつまんでぐにぐにと引っ張ってくる。顔を向けるといたずらを絶賛お楽しみ中の三上さんと目が合った。

「あ……」

「この手は何？」

「いえ、お構いなく」

「やめなさい」

「お構いなく」

構うわ。

どういう状況なのか理解に苦しむが、三上さんは相変わらず人の言うことを聞かない。

女の子的に男を触るのってもう少し躊躇（ちゅうちょ）するもんじゃないのだろうか。

それに、俺の忠告を聞いて、軽率な行動は控えるって言ってたような気がするが……

これは軽率な行動には入らないのだろうか。

あと、近い。めっちゃいい匂いする。

指がすべすべ。女の子特有の柔らかさが俺の理性をくすぐる。

距離感バグってるのはいまさらだが……危機感とかその他諸々が心配になる。

「まあ、いいか。いつの間に帰ってきたんだ？」

「桐島さん、ずっとうわの空で何を言っても適当に返事をしてましたからね。それでもちゃんと真っすぐ歩けていたので面白かったです」

「そうか。俺は自分の足で帰ってきてたのか。ぜんぜん覚えてないな」

「意外と判断力はありましたよ。適当に返事していると言いましたが、コンビニに寄りましょうと聞いたら『ああ』と言ってくれましたし、桐島さんの家の合鍵をくださいと言ったら『いや、それは無理』と言われてしまいました……」

「おい」

どさくさに紛れてなんということを言っているんだこの子は。

人が混乱状態に陥ってるのに付け込んでとんでもないことを……。うわの空でありながらちゃんと断っていた俺によくやったと褒めてあげたい。

しかし、俺がうわの空になって三上さんの声も届かないくらいに混乱し、記憶が飛んだと言っても過言ではないこの状況。それを作り出した三上さんの一言。

「あのー、一応確認だけど……」

「デートです」

「あっ、はい」

食い気味に言い切られてしまった。

うん、やっぱり聞き間違いじゃなかった。

そうか……デートか。

分かったけど、よく分からない。

落ち着いて整理したいけど、未だに三上さんがぺたぺたお触りしてくるのでどうにも気が散る。そろそろそれやめようか。

「はい、終わり。これ以上は有料だ」

「……いくらですか？」

そう言って三上さんの手を払いのける。

すると三上さんは財布を取り出して至って真面目といった表情でこちらを見つめている。

おい、嘘だろ。ここは引き下がるところだぞ。

あっ、こら。天下の栄一さんを何枚も取り出すのは止めなさい。

「ダメだ。それはしまいなさい」

「これでは足りないということですか……？　では、ちょっと借金を……」

「するなよ？」

三上さんの行動原理が本当に分からない。

冗談で流してしまいたいけど、三上さんならやりかねないという謎の信頼がある。

さすがに俺のたった一人の友人が借金に手を出すのは止めなければいけない。有料とか言った俺も悪いけど、真面目に受け取るなよ。

三上さんが大暴走するせいで頭がまたオーバーヒートしそうだ。

まさか、また俺の処理落ちを狙っているのか。

「軽率なことしないって言っただろ？　そういうことばっかやってるとまた勘違いされ

て大変なことになるぞ？」

「……こういうのは桐島さんにしかしていないので大丈夫です」

再度忠告をするも、三上さんはきょとんと首をかしげて言い放った。

俺にしかしてない……か。

それはずるいだろ。三上さんが魔性の女に見える。

「なんでも言うこと聞くとは言ったから仕方ないか。ごねても三上さんに勝てなさそうだし……いいよ、分かった」

「いいんですか？」

「……じゃあ、ダメ」

「ダメなのがダメです」

「ほら、こうなるじゃん。今のやり取りになんか意味あったか？」

俺があの手この手で拒否しようとしても、三上さんは言い出したら聞かないからな。

諦めも肝心なのだということを俺は学んだ。悲しい学びだな。

しかし、俺の軽率な発言のせいでデートの約束を取り付けられてしまった。

三上さんに軽率なことは控えろと忠告しておきながらどの口が言っているんだ。この子になんでもするは禁句だろ。考えれば分かることだ。

「ちなみになんだって急に？」

「一緒にお買い物をしたかったからです」

「へー、なんかほしいものでもあるのか？」

「そうですね。この家は簡素で綺麗だと思いますが、やや殺風景なのでもう少しものを増やしたいなと」

あれ、三上さん？

もしかして、俺の家に置くものを買おうとしていらっしゃる？

「お揃いのマグカップとか、エプロンとかも欲しいです。他には……かわいいぬいぐるみとかも置きたいです」

もしかしなくても、色々置く気満々ですね。

お買い物デートという名の侵略行為をしようとしているな。

「あとは……私個人的にはキッチンの空いてるスペースにオーブンレンジを置かせてもらいたいと思っているのですが、許可してもらえますか？」

「オーブンレンジって……あのオーブンレンジか？」

「多分そのオーブンレンジで合ってると思います」

まあ、そうだよな。俺と三上さんでそこまで認識の差はないだろう。

「なんだって急に……」

「桐島さんが上の空だった間に勝手に見てしまったのは申し訳ないと思ってますが、あまりにも食生活が酷いと思います。ゴミ箱にはパンの包装やカップラーメンのゴミばかり。キッチンはとても綺麗ですが、日頃から綺麗にしているというよりは、使っていないから綺麗だというのが見て取れます」

「……おっしゃる通りです。でも、それがオーブンレンジとどう関係が？」

「見たところ普通のレンジもないですし、桐島さんの温かい食事の形跡がカップラーメンしか見受けられないのが気になりました。オーブンレンジならばただ温めるだけでなく、料理やお菓子作りにも使えるので、私的にはそっちの方が嬉しいかなと」

なるほど。俺の食生活に関する三上さんの推測はズバリ当たっている。

「もちろんお金は私が出します。ただ、こちらで使わせてもらうことになるので電気代などは桐島さんに負担してもらうことになるのですが……どうでしょうか？」

「お金を出すって言ってもなぁ……。オーブンレンジって二、三万くらいするよな？高校生のお小遣いで気軽に買えるもんじゃないと思うが……」

そう言うと三上さんは無言で財布を取り出し……ってこの光景さっきも見た気がするぞ。

「お金のことならご心配なく。あとは桐島さんが許可してくれるだけですよ」

「……むしろ俺としては願ったり叶ったりだが……逆にいいのか？」

「私としても桐島さんのお家のキッチン環境が整うのは願ったり叶ったりなので」

この言い方と、買いたいものとしてエプロンが挙げられていたことも加味すると、さては三上さん……もしかしなくてもここで料理しようとしていらっしゃるのでしょうか。

まあ、別に俺としても不都合はないし、本来の用途で使ってもらえるキッチンも本望だろうが……ちょっと急展開すぎないか。

「それでは許可して頂けるということでよろしいですか？」

「俺はいいけど、三上さんはいいのか？　自分の家でもないのにそんなでかい買い物して」

「自分の過ごす空間を快適にしたいと思うのは至って普通だと思いますが……？」

一応、ここ俺の家なんだよね。

それを自分の過ごす空間て。めちゃくちゃ入り浸る気満々なのがよく分かるな。

まあ、快適な空間で過ごしたい気持ちはよく分かる。それは俺だって例外じゃない。

「……まぁ、確かに快適な空間は大事だな」

「そうですよね！　私達の過ごすこの部屋をもっと過ごしやすくするために頑張りましょうね！」

「……好きにしてくれ」

私達って言っちゃったよこの子。侵略確定演出いただきました。

こうなったら、口で言って止まる子ではないので、潔く諦めましょう。

その後も三上さんは帰るまでずっと、侵略計画を嬉しそうに話していた。そんな彼女に適当に相槌を打ちながら俺は改めて悟った。

やはり、三上陽菜は押しが強い。

約束の日が訪れた。

やはり三上さんは侵略する気満々なようで、毎日のように朝夕問わず訪れては、自宅のように寛いでいた。

その一環で部屋のあちこちをメジャーで何やら測っていたり、キッチン用品の少なさに苦言を呈したりと、家具やら何やら持ち込む計画を堂々と俺の前で立てていた。

そんな三上さんとのデートだが、なぜか駅前で待ち合わせをすることになった。

階は異なるが住んでいるのは同じマンション。

時間を合わせればエレベーターで合流も可能だろうし、三上さんなら朝っぱらからチャイムを連打するくらいはやってのけると思っていたが……彼女が待ち合わせを選択したのなら俺は従うまでだ。

待ち合わせは午前十時。

普段学校に行くくらいの時間に起き、余裕をもって準備をする。

俺としては女子とお出かけというだけでも緊張ものだが、ここ数日で三上さんが何度もデートだと言い張ることもあって余計に意識してしまっている。

だがまあ……デートだというからにはきちんと気合いを入れて臨むというのが礼儀だろう。

間違っても寝坊するなんてことがあってはならない。

そう考えていたら自然と早めに準備を済ませてしまい、約束の時間までかなり余裕がある。

「少し……いや、かなり早いけどもう出ておくか」

ちらりと時計を見るとまだ八時半にもなっていない。

むしろ、このまま駅前に向かえば待ち合わせの一時間前には到着することになる。

それでも、遅れるより断然マシだ。

待つことも想定して、暇を潰せるように本を鞄に入れて、待ち合わせの場所に向かった。


駅前。待ち合わせ場所と指定されたそこに到着した。

休日の土曜日ということでそれなりに人はいる。

人の邪魔にならない場所で待とうと辺りを見渡して……俺は固まった。

いる。三上さんがもういる。それだけなら大して驚くこともない。

だが、今は状況が状況だ。三上さんは男二人に言い寄られていた。

「おねーさん、かわいいね。一人？」

「人を待ってます」

「そいつ放っておいて俺らと遊ぼうよ？」

「結構です」

「そう言うなよ。俺らと来た方が絶対楽しいって。気持ちいいこと教えてあげられるからさ」

「……そういうのは他所でやってください。迷惑です」

会話が聞こえてくる。典型的なナンパだ。

パッと見た感じ男達は年上。チャラチャラして遊んでいる大学生って感じか。

三上さんは告白をバッサリと切り捨てる時の冷たい感じで言い返しているが、男達は意に介さず強気にナンパを強行している。

三上さんはせいいっぱい睨みつけて威嚇している。だが、奴らはそんな三上さんの反応を面白がっているのか、一向に引く気配が見えない。

(見ている場合じゃない)

大人の男が二人がかりだ。三上さんは凛然と振る舞っているが、きっと強がりだろう。

「なー、もうそろそろよくね？」

「ああ、そうだな」

「おい。汚い手で俺の三上さんに触るな」

男が三上さんに手を伸ばす。三上さんがビクッと震え、恐怖で目を瞑る。

そんな彼女に伸びる魔の手を叩き落とし、三上さんを抱き寄せながら間に割り込んだ。

「何、お前……」

「見て分かるだろ。この子の待ち合わせ相手だ」

「ちっ、彼氏持ちかよ」

「他当たろうぜ」

一瞬俺に敵意が向いたが、ここは駅前で通行人も多い。そんな中で事を荒立てるつもりはないのか男達は舌打ちを残して離れていった。

内心バクバクだった。

初めて三上さんを見た日に使った戦法は使えない。でも、身体が勝手に動いていた。思ってたより低い声が出たし、苛立ちをそのままぶつけてしまったが……相手が退いてくれたから結果オーライか。

冷静になると、もしかしなくてもとんでもなく恥ずかしいことを口走ってしまったのではないかと、身体中が沸騰しているみたいに熱くなった。

本当に無意識だった。じゃなければ、あんな小っ恥ずかしいこと口にするはずかない。

とりあえず無意識のうちに抱き込んでしまっていた三上さんから離れようとするが、三上さんが俺の服をキュッと握りしめていて離れられない。

「あ、あの……三上さん？」

「すみません。もう少しだけこのままで……いさせてください」

涙ぐんでくぐもった声が響く。胸に頭を押し付ける三上さんの身体は少し震えていた。

そうだよな。怖かったよな。

二人がかりで詰め寄られたんだ。恐怖しないわけがない。

正直恥ずかしいが、今は三上さんのケアが優先だ。

ここだと通行人の目もあるし、泣いている女の子は少々悪目立ちする。

人目が少ない座れる場所に移動して、三上さんが落ち着くまで俺は彼女の傍で手を握り、胸を貸していた。


「すみません。落ち着きました」

「そりゃよかった」

しばらくして、泣き止んだ三上さんが俺から離れた。

自販機で飲み物を二つ買い、片方を三上さんに渡す。

「まずは……改めてお礼を。また助けられてしまいましたね。本当にありがとうございます」

「ああ。でも、前みたいに形あるお礼とか考えなくていいから。三上さんが無事でよかった」

「……はい」

「むしろ割って入るのが遅れた。悪かったな」

「そんな……。だって、待ち合わせ時間の約一時間前ですよ？　早すぎるくらいです」

そういえばそうか。でも、それが功を奏した。偶然、待ち合わせ場所に早めに向かったおかげで、間に合ったんだ。

「どうして……と問いたいところですが、お互い様ですね」

「ああ、そうみたいだな」

「また……偶然ですか？」

「偶然……でもあるが、きっと楽しみだったから早めに来たんだろうな」

三上さんが散々デートだと意識付けたおかげで、準備の段階からしっかりしようと思えたし、こうして早めに待ち合わせ場所に到着していようと思って家を出た。まあ、三上さんには先を越されてしまったわけだが。

あえて意識しないようにしていたが、なんだかんだ俺も……三上さんとデートできることを楽しみにしていたんだろう。

「私も楽しみすぎて早めに出てしまいました。そのせいで災難もありましたが……桐島さんも同じ気持ちでいてくれたおかげで救われました」

「ほんと、よかったよ」

これも色々な偶然が結び付いた結果なんだろうな。

それに……何かあったら偶然助けてと言われていたから、本当によかった。

「一応聞くが……今日は一旦やめて仕切り直すか？」

「いえ……大丈夫です。また何かあっても、桐島さんが守ってくれると信じてます」

「……さいで」

「そうです。本当にかっこよかったですよ。俺の……でしたっけ？」

「あの……切羽詰まってたと言いますか、無意識だったと言いますか……その、お願いなので忘れてください」

「嫌です無理です不可能です。さ、行きましょう。デートはこれからですよ。ほら、あなたの三上陽菜をちゃんとエスコートしてください」

「……分かったから、これ以上からかうのは勘弁してくれ……」

三上さんも復活してデート継続。

なのだが……口走ってしまったセリフを掘り返されて俺は恥ずか死にそうだ。

でも、三上さんは太陽みたいに笑ってる方がやっぱり似合う。

羞恥(しゅうち)に悶(もだ)えながら、俺は改めてそう思った。


一悶着(ひともんちゃく)あったが仕切り直してデートの続きだ。

電車に乗り、大型ショッピングモールのある三駅先に向かう。

乗り込んだ電車はロングシートタイプの座席だ。

偶然端の数席が空いていたので、三上さんを端に座らせ、俺もその隣に座っている。

クロスシートの座席と違って席と席の間に仕切りのようなものはないが、真っすぐに座っていれば隣の人と接触するようなことはない……はずなのだが。

あのー、三上さん？

どうしてこちらにもたれかかってくるんでしょうか？

三上さんの頭は俺の肩にのっかっていて、肩や腕、足などもほとんど密着している。

柔らかいとかいい匂いとかいう興奮寄りの気持ちよりも、普通に恥ずかしいの感情が勝る。

公共交通機関で人の目もあるというのになんという無防備。周りの視線が痛い。

「あの、三上さん？」

「お構いなく」

「ちょっと」

「お構いなく」

「えー」

「お構いなく」

「…………」

「お構いなく」

他の乗客の迷惑にならないように小声で三上さんに話しかける。

しかし、返ってきたのはいつものといっても過言ではない、三上さんの得意技だった。

人の話を聞かないモードに入った時に乱発される便利な言葉。

自分の意思をごり押し、俺の声は一切聞き入れるつもりはないというのがよく分かる。

正直たまったもんじゃないが、こうする余裕があるということは、ナンパの恐怖は薄れてきたということだろうか。それはいいことだ。

しかし、こうなった三上さんはてこでも動かないだろうし、諦めて受け入れるしかないのだが……あんまりすりすりされるとくすぐったくてたまらない。

肩でもぞもぞと動く三上さんの綺麗な髪が顔に当たってこそばゆい。

「あのー、三上さん？　そうしてていいからせめて動かないでもらえると助かるんだが……」

「……お構いなく」

ダメ元で聞いてみたが返ってきたのはやんわりとした拒否だった。

とりあえず人目を意識しないようにするため、寝たふりをしてやり過ごすのだった。


結局、三上さんは降りるときまでずっとそうしていた。

なんなら降りる際にちょっと渋られて乗り過ごしそうになったくらいだ。

そんな三上さんだが、先程までとは打って変わってクールな印象だ。

なんだか緊張しているようにも見えるし、うっすらと耳が赤くなっているような気もする。

そんな彼女を気にして視線を送っていると、三上さんも気付いたのか目が合った。だが、それも一瞬。すぐに顔を背けられてしまう。

「……あの……恥ずかしいのでそんなにジロジロ見ないでください」

まさか、これまでの行いを恥ずかしいと思っているのだろうか。

正直驚いた。俺の理性を脅かす彼女にも少なからず羞恥心があったとは……。

普段からバグり散らかしている距離感だが、正常になるとこんな反応をするのか……。なんだか新鮮だな。だが、あえて三上さんにはこの言葉を贈ろうと思う。

「お構いなく」

「……意地悪です」

どの口が言うんだ。

たまには自分の主張が受け入れられない虚しさを抱えて悶えるがいい。

そんなちょっとした仕返しもどきもほどほどにして、いよいよお買い物の時間だ。

ここに来れば大抵の買い物は済ますことができる大型ショッピングモール。休日ということもあり賑わっており、人酔いしてしまいそうだ。

「最初はどこ行くんだ？」

「先に家具や家電を見に行きましょう。その後にお昼ご飯を食べて少し休憩したら、日用品などを見て回りましょう。その方が荷物になりません」

先にそっちか。確かに家具や家電は後日届くように配達の手配をするから、荷物にはならない。日用品もそれほど邪魔にはならないだろうが、どれだけ買うかによってはかさばる可能性もあるし、荷物にならない方から見るのが定石だろう。

なお、当たり前のように俺の家に家具や家電が送り込まれようとしているが、ここ数日耳が痛くなるほどされた侵略計画や侵略相談によって諦めている。むしろ家主の意向も考慮してくれるだけ良心的と思った方がいい。

まあ、相談されたところで「いいんじゃないか」という生返事しかできなかったが。

そういうわけでまずは家電量販店にやってきた。

とりあえず分かっているのは、三上さんが俺の家で料理やお菓子作りをしようとしていることだろうか。

真っ先にキッチン用品売り場に向かい、欲しいと言っていたオーブンレンジを見比べている。

「……悩ましいですね」

「そうか？　俺にはどれも同じに見えるんだが」

「全然違います。機能だって色々ありますし、サイズや扉の向きなんかも気にしなくてはいけません。なんのために設置スペースを測って確認したと思っているんですか」

あまり違いが分からず漠然と眺めていると、三上さんに窘められてしまった。

設置スペース、容量、庫内形状、お手入れのしやすさとか色々と早口で捲し立てられたが……いまいち理解は追いつかなかった。

だから、三上さんが納得いくものを買えばいいと思う。主な使用者は三上さんだろうし。

「桐島さん。これとこれだったらどっちのデザインが好みですか？」

「んー、こっちかな」

「では、こちらを候補にして他も見て回りましょう。次は……ダブルベッドでも見に行きますか？」

「三上さん？」

「……冗談です」

びっくりするのでそういうのはやめてくれ。

ガチトーンだったからまじでやりかねないんだよこの子。

冗談とは言うが、その後になんかぼそぼそ言ってるし。

「では、気を取り直して……行きましょうか。快適な空間のために頑張りましょう」

「……お手柔らかにお願いします」

やる気に満ち溢れている三上さんに手を引かれてあちこち連れ回される。

彼女が楽しそうなのは何より……なのだが、あまりにも真剣なのでどうなってしまうのか恐ろしくも思う。

俺の家、どれくらい三上さんに侵略されるんだろう？

……まあ、いいか。よくないけど。

とりあえず家電と家具を見て回り、諸々の手続きは済ませたが……三上さん、結構買ったな。高校一年の女子が使う額じゃなかったぞ。

前に俺の家で財布を取り出した時も栄一さんを何人も召喚してたし、さては距離感だけじゃなくて金銭感覚もバグってるのか……？

まあ、それはいいとして、俺としては購入内容が気になるところだ。

オーブンレンジなどの調理、製菓関係のものはあらかじめ侵略相談を受けていたこともあってある程度受け入れていたが、三上さんはタンスなどの収納用具も買っていたし、購入こそしなかったが結局寝具コーナーにも連れていかれた。

ちらりと横目で満足そうにしている三上さんを見る。

まさか、住み着くつもりじゃやねーよな。

「どうしました？　そんなにじろじろ見て。そんなに見られてももう動揺しませんよ？」

「いや、楽しそうで何よりだと思ってな」

「とっても楽しいです！　でもまだまだこれからですよ？」

まぁ、一応デートということになっているからな。

相手に楽しんでもらえるが一番だし、控えめに言って大暴れしている三上さんに振り回されてばっかりだが俺も楽しんでいる。

お互い楽しいなら今のところ順調。だけど、三上さんは元気が有り余ってるな。こりゃ、まだまだ振り回されそうだ。

「ですが、いい時間なのでいったんお昼にしましょうか？」

「もうこんな時間か。確かに小腹が空いた」

腕時計に視線を落とすと十二時半を回っていた。

本来の待ち合わせ時間は十時だったが、それよりも早い時間に合流して移動し、こっちに着いたのは十時になる前だ。

それからずっと三上さんと家具家電を見て回っていた。

そう考えると随分と長い時間あちこち連れ回されたんだなぁと感慨深くなった。でも、それを気にすることもなく、時間を忘れて過ごしていたということは……やっぱり俺も楽しんでいた証拠だ。楽しい時間は過ぎるのが早いというが本当なんだな。

「ここには飲食店もたくさんあるので、迷ってしまいますね」

「そうだな。さすが大型施設だ」

「桐島さんは何か食べたいものはありますか？」

「んー、俺はガッツリいくよりかは軽く腹を満たせればいいな。三上さんは？」

「私は考える事が多かったからか身体が糖分を求めています。甘いものが食べたいですね」

買い物で頭を使うと言うのもおかしな話だが、三上さんは確かに商品を見比べてにらめっこしてたからな。なんか見てるメモにもびっしり数字の羅列が記されていたし、色々考えることも多かったのだろう。

「そうか。じゃあ……ほぼ決まったみたいなもんか」

「ですね」

ちょうど俺達の前には食事処の案内板がある。店名とフロア、ざっくりとしたメニユーの種類などが記されていて、これを見ながら行き先を決める者もいる。

それをちらりと流し見て、多分三上さんはここに行くんだろうなという店が分かる。

軽く食べたい俺と、甘いものを食べたい三上さん。そして、これまでに何度か食事を共にして把握している好みの傾向。

俺達は顔を見合わせて案内板に指を差した。

やはりというべきか、その指の位置は予想通り重なっていた。


満場一致で入ったカフェでメニューを開く。

正直、軽食なら何でもいいが、どうせ俺が何を頼むかは三上さんも分かっているだろう。

「桐島さんはいつものですか？」

「いつものではないが……そうだな。サンドイッチとコーヒーのセットだ」

「好きですね。私、桐島さんがパンではない物を食べてるのあまり見たことないです。お米とか食べたことありますか？」

「さすがにあるよ。三上さんに作ってきてもらったお弁当でも食べたし、なんなら俺の家に炊飯器あるの知ってるよね？」

「……あれ、飾りじゃなかったんですね」

悲報、俺の家のキッチンに鎮座する炊飯器さん。ただのお飾りだと思われていた模様。

その炊飯器さんはちゃんとご飯を炊くためにあるのであって、キッチンの寂しさを紛らわすための置物じゃないんですよ。

そして、何気に質問が酷い。確かお弁当を作ってもらった時も、米を知っているかと聞かれたな。三上さん……俺のことをいったい何だと思っているのだろうか。

「……悩ましいです」

「メニューで悩んでいるのか？」

「私も桐島さんと同じセットにしようと思うのですが、デザートがどれもおいしそうで決まりません。ひとつに絞れなくて困ってしまいます」

そう言って三上さんはメニューを真剣に眺めている。

葛藤して表情がころころ変わる三上さんは正直見てて楽しいが、決めてもらわないと注文ができない。

三上さんが一つに絞ろうとしている理由はなんだ？　たくさん食べたいけどそれができない理由として考えられるのは金銭的理由か……カロリー的な理由か。

これまでの買い物での躊躇のなさから考えて後者だろうが……それをド直球で聞くのはデリカシーがなさすぎる。

「あー、なんだ。俺も甘いものが欲しくなったな。せっかくだし二人で別々のものを頼んで、少しずつ交換しないか？」

「っ！　ぜひそうしましょう！」

眉間に皺を寄せていた三上さんの表情が明るくなる。どうやら正解だったみたいだな。

まぁ……偶然甘いものが欲しくなっただけだし、それほどあからさまでもなかっただろう。

「どれで悩んでる？」

「どれもおいしそうですが……最有力候補はチーズケーキとガトーショコラです」

「じゃあそれにするか。他のも確かに美味そうだが……また今度食べに来ればいいだろ」

「……はいっ！」

紆余曲折あったが、なんとか注文内容が決まった。

注文した料理が来るまでの待ち時間、三上さんはやけに上機嫌だった。

程なくして注文した料理は到着し、至高のランチタイムを過ごす。

対面に座る三上さんの食事風景をチラチラと眺めながら、大変美味なサンドイッチにかじりつくのは最高だ。

それがなくなると空いた食器などが下げられて、食後のデザートが運ばれる。

三上さんがチーズケーキ、俺がガトーショコラを頼んであり、シェアすることでどちらも味わうことができる。

自分の口に運ぶ前に綺麗な状態のフォークでガトーショコラを慎重に切り分け、三上さんに渡す分を確保する。

「三上さん、ちょっと近付けてくれるか?」

「あ、はい」

切り分けた分を三上さんの皿に移す。

そのために皿をこちら側に寄越して欲しいと頼んだが、近付いてきたのは皿ではなく……三上さんの顔だった。

ご丁寧に目を瞑り、口を開けて待機している。え、何。食べさせろと?

「ああえうあ?」

多分まだですかと催促(さいそく)された。

これは意地でも皿で受け取らない頑固モードだと思われる。諦めて口に運んであげればいいのだろうが……これ、間接キスだよな。

「いいのか?」

「? ひゃい」

「そうか……分かった」

気にしないように努めるのにも限界がある。だが、三上さんは口を開けて待っている。オマケに俺に拒否権はないときた。もう諦めてやるしかない。

食べやすいサイズに切り分け、フォークに刺し、震える手で三上さんの口に運ぶ。

柔らかそうな唇(くちびる)でフォークが飲み込まれ、三上さんはもぞもぞと頬を動かす。間接キスも厭わないどころか、食べさせることまで強要してくるとは、どこまで無防備を晒せば気が済むんだろうな。

「お味はどうだ、お姫様？」

「甘くて、でもちょっとだけほろ苦くて……とてもおいしいです」

「そりゃよかった」

「はい、こちらもどうぞ」

咀嚼を終えて飲み込んだ三上さんに感想を尋ねる。

ま、美味そうに食べてくれたので、俺の心臓が悲鳴をあげた価値はあったかな……なんて思ったのも束の間。三上さんはすかさず追撃。チーズケーキを刺したフォークを俺の口元に差し出している。これも拒否できないやつか。

俺はおそるおそる口を開ける。そこでフォークからほろりと崩れ落ちたチーズケーキの風味が口の中に広がった。

「どうですか？」

「……美味いな」

なんて言ったものの、正直味なんてよく分からなかった。食べさせてもらう羞恥、食べさせた羞恥、間接キスの羞恥。それらがいっぺんに俺を襲い、味どころではない。

「ガトーショコラ、もう一口もらってもいいですか？」

緊張でパサついた喉に詰まるチーズケーキをアイスコーヒーで流し込むと、三上さんはおかわりを要求して口を開いた。

　まったく……本当に無防備でわがままなお姫様だ。

　なんだかドッと疲れることになってしまった昼休憩を終えて後半戦だ。

　家具家電のような持ち運びできない大きなものではなく、手で持ち帰れるものを見繕う。

　上機嫌な三上さんは鼻歌交じりにエプロン、エプロンと頻りに呟いている。

　そういえば言ってたっけな、お揃いのエプロンがどうとか。

　今のところ判明しているのはエプロンとマグカップだろうか。俺の家のキッチンを魔改造して、お菓子作りに勤しみたい三上さんにとっての必需品。

　そして、俺の家に入り浸る気満々な三上さん専用のマグカップ。ついでにコールドドリンク用のグラスもいくつか買っておくか。

　だが、それだけで終わるはずがない。

　三上さんは家具家電で二時間潰せる女の子だ。雑貨を見始めてそれで留まるなんて甘い考えは捨てた方がいい。

「桐島さんっ！　早く行きましょう。急がないとお揃いのマグカップが逃げてしまいます」

「マグカップは逃げません」

「売り切れてしまいます」

マグカップは逃げないし、そう簡単に売り切れるとは思えないが……三上さんがすごく楽しそうだから、そういうことにしておいてやろう。

「じゃあ、行くか。売り場はどこだ？」

「多分あっちです」

そう言って三上さんはさりげなく俺の手を引き歩き出す。

本来なら止めるべきなのだろうが……このくらいならかわいいもんかと思ってしまうのは、俺もかなり毒されているのかもしれない。


三上さんの食指が動く方へあちらこちら連れられて、ショッピングを満喫している。

正直、三上さんの荷物持ちくらいの気持ちでいたが、こうしてたくさんの物に囲まれると、意外と興味が湧く物があったりするもんだな。

俺自身、一人暮らしを始める際に用意したものは最低限。おかげで三上さんには寂しいと言われて絶賛魔改造されているところだが、必需品ではなくあったら便利な物を探して手に取ったりもしている。

三上さんは調理用具を中心に、あとは俺の家でくつろぐためのものをこれでもかというほどに買い物かごにぶち込んでいる。

ちらっとだが箸(はし)などの食事に関する用品も見えた。料理する気満々みたいだし、そのうち家で飯も済ませるようになるのか。まぁ、入り浸るのは別に構わんが……本当に三上さんの私物が増えそうだな。

「どうだ？　まだかかりそうか？」

「買うと決めていたものは確保しましたが、こうやって見ているとあれもこれも欲しくなってしまいますね」

「分かる。こういうとこくるとそういう気持ちになるわ」

「その割には桐島さんの家に物がないのですが。物欲がないのですか？」

「人並みにはあるよ」

まぁ、新生活も始まったばかりだし、一人暮らしだと買い出しも面倒でな。あったらいいなと思う物はいくつかあったが中々買えずにいたので、こうして連れ出してくれたのはいい機会だったかもしれない。

「というか、金は大丈夫なのか？　家電の方でもすごい使ってたが……やっぱり俺も出そうか？」

「問題ありません。必要な設備投資ですので」

「……さいで」

「そうです」

家具家電で少なくない栄一さんを吐き出しているのにもかかわらず、三上さんの買い物の勢いは留まることを知らない。

お財布と相談しながらといった様子もなく、躊躇なく買い物かごを埋めていっているため、本当に問題ないのだろう。

三上さん、何者なんだ？

そう考えると、俺って三上さんのことなんにも知らないんじゃないかと思った。

俺が三上さんについて知っていることといえば、同じマンションに住んでて、同じ高校に通っている。高嶺の花と言われるほどにモテる。料理が上手い。人の話を聞かない。あと……すげぇわがまま。

そう考えると……全然知らないな。

それもそうか。三上さんの距離感がバグってるせいで忘れてしまいそうになるが、俺達はまだ知り合い程度の時間しか過ごしていない。

昔からの友人とかではなく、偶然縁ができただけの同級生……だったはずなのに、いつの間にか三上さんは俺の日常になりつつある。

「どうしたんですか？」

「いや……俺って三上さんのことなんにも知らないんだなって思って」

「私だって桐島さんのこと、まだ分からないことだらけです。だから……これから時間を重ねて、たくさん知っていこうと思います」

「……そうか。これから、か」

「時間はたくさんありますからね。焦る必要はありません」

そうだな。どうせ三上さんは俺のぼっち生活を脅かす。

関わってくれる。その過程で、知らないことを知っていることに変えていけばいいんだ。

簡単じゃないか。俺は、脅かされることを受け入れていれば、勝手に三上さんの方から詰めてくるのだから。

電車を降りると夕焼け空が広がっていた。

俺自身楽しんでいたから時間を忘れていたが……やっぱり女の子の買い物は時間がかかるのだと思い知った。

「大丈夫ですか？　重たくないですか？」

「平気。男だからな」

三上さんの買い物はそれなりの荷物になった。一人で持つには大変だったと思う。

割れ物とそれ以外に分け、重たい方を俺が持っているが、別に大して苦ではない。

三上さんは自分が快適に過ごすための設備投資と言っているが、実質的に俺の家が快適になる。もちろん三上さんの私物侵略スペースもそれなりにあるだろうが、それ以上に俺が享受（きょうじゅ）できるメリットの方が大きい。これくらい働かないと罰が当たりそうだ。

「桐島さんは楽しかったですか？」

三上さんは少し不安が入り混じる声色で俺に尋ねた。

彼女のことだから楽しかったですね、と夕焼けに負けない笑顔で言ってくるもんかと思っていたから意外だった。

「楽しかったよ。でも、なんで？」

「今更ですが、かなりはしゃいで桐島さんを振り回してしまったかなと思いまして……」

「本当に今更だな」

「うっ」

「でも……それも含めて楽しかった」

三上さんに振り回されたのは本当だけど、別にそれが嫌だとは思っていない。

むしろ、分かった上で受け入れていた。俺の意思で振り回されていた。

だから、三上さんは何も気にすることはない。いや、距離感がバグってるのはちょっとは気にしてほしいが。

「ありがとうございます。私も楽しかったです。でも……心残りもあります」

「心残り？」

「待ち合わせの時に、桐島さんより先に来て、桐島さんに待ったかと聞かれて、私が今来たところです、と返すのをやってみたかったです」

なるほど。なぜわざわざ駅前で待ち合わせという形を取ったのか、あんなにも早い時間に待ち合わせ場所に到着していたのか、ようやく合点がいった。

デートと言えば定番のやり取りだ。

だが、同じマンションに住む俺達では、普通に待ち合わせしてしまえば、ムードもへったくれもない合流になってしまう。

そんな三上さんの願いも不慮の事故によって潰されてしまった。

彼女の描いた待ち合わせとは程遠い、怖い思いをすることになってしまった。

「また……待ち合わせするか？　今日成功しなかったのは残念だが、もうできないってわけじゃないだろ？」

「……いいんですか？　またデートしてくれるんですか？」

「……気が向いたらな」

こうも堂々とデートだと言われるのはまだ気恥ずかしいが、それが三上さんのしたいことなら、俺は付き合ってあげたいと思う。

「次のデートが楽しみです」

「そうだな」

「次は桐島さんにエスコートしてもらいます。最高のデートプラン……考えてくださいね？」

……思わぬ飛び火だ。

でも、そんなキラキラした目で見られたら断れなくなるじゃないか。

いや……どうせ断っても、断ったことを断られるのがオチだ。

仕方ない。三上さんが喜んでくれそうなプランをちゃんと考えることにしよう。
そのためには……三上さんのこと、もっと知っていかないといけないな。

幕間　偶然の救済、再び

桐島さんに取り付けたデートの約束。

めいっぱいおめかしして、服装もかわいいと思ってもらえるように気合いを入れ、気が付くと待ち合わせ時間の一時間以上も前に家を出てしまってました。

あまりにも早い到着だったので、当然そこに桐島さんの姿はありません。

私が早くきてしまったので仕方ありません。まだ待ち合わせの時間は当分先だというのに、早くこないかなと私は大層浮かれていたことでしょう。

そんな私を襲った不運。まさかこんなところでも男の人に言い寄られるなんて……。

もちろん相手する気はありません。ですが、相手は二人ということで私の逃げ道を潰し、嫌がる私の反応を楽しんでいるようでした。

嫌だ。こういう男の人はとても不快で、一刻も早くこの場を離れたい。強気な態度を見せていても、内心はもういっぱいいっぱいでした。

そんな私に伸ばされた手。怖くて、思わず目を瞑ってしまいましたが、その手が私に届くことはありませんでした。

その手を遮り、私を胸に引き寄せて、守るように振る舞ってくれたのは——待ち人の桐島さんでした。

話を聞くに、桐島さんも早めに出てしまったようで、私はその偶然にまた救われてしまったわけです。

以前、冗談のつもりで、また何かあれば偶然助けてくださいと口にはしましたが……本当に助けてくれるなんて……。

あと、その時の桐島さんの言葉が頭から離れません。

『俺の三上さんに触るな』

俺の、ですって。私、こういうこと言われるの嫌いなはずなんですけど、この時の言葉は不思議と嫌じゃなかったと言いますか……。

なんか、すごくしっくりくる気がしたのは……きっと気のせいじゃないはずです。

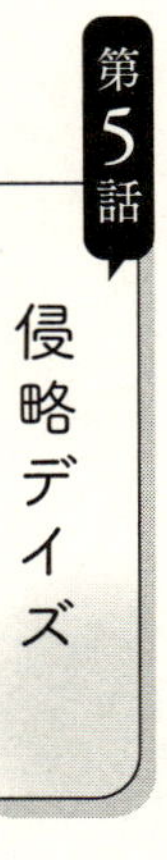

それから、俺は……いや、俺達は普通の日常を送っていた。

朝になったらチャイムがなり、制服姿の三上さんが顔を出す。俺のことをマスターと言いながらコーヒーを催促する彼女の話相手になり、目立つのを嫌がりながらも共に登校する。

朝から彼女が来てくれるおかげで寝坊せずに済んだこともある。この前、ついうっかり目覚ましを掛けずに寝てしまい、三上さんの鳴らしたチャイムで飛び起きるなんてこともあった。

三上さんに笑われて、モーニングコールしてあげましょうかとからかわれてしまったが……前向きに検討中だ。

学校では相変わらずだ。

昼休みはいつものところで飯を食い、適当なことで駄弁る。これだけなら別にいつも通りなんだが、俺のベストスポットは校舎裏のベンチだ。俺と三上さんは横並びに座るのだが、前に電車で座った時みたいに、気付くとお構いなくｂｏｔになっている時もある。
　お構いなくって我を押し通すための便利な言葉だと改めて思わされる。
　無自覚に理性を攻撃してくるのには困ったものだが、やんわり窘めてもお構いなくと
いうことなので諦めも肝心らしい。
　放課後はどこか寄り道して帰ったり、三上さんが俺の家に寄ったり、ほとんどの時間
を共に過ごしている。
　学校生活から私生活まで、そこかしこに三上さんの影がちらつく。
　ここ数日間を振り返ってみて、もはやぼっちではないのではと思うくらいには、三上
さんが俺のぼっちを脅かしていて、一人にしてくれないのだと悟った。

「中間テストか……」
「各授業の先生方から説明がされましたね」
　鞄を整理しながら、中間テストに関するプリントに目を通す。高校生の最初の関門が
迫ってきていると少し声のテンションが下がってしまった。
　他クラスではあるが、テストの時期は変わらない。同じように説明をされたであろう
三上さんはソファに寝転がってくつろいでいる。こら、スカートなんだから足をパタパ
タしないの。
「高校生活に慣れてきたと思ったらもうテストですか。早いものですね」

「そうだな。でも、一学期の中間だし、出題範囲は広くない。ちゃんと授業を受けていれば問題なく乗り切れるだろ」

「桐島さんは真面目ですね」

「別に……学生が授業をちゃんと受けるのは普通のことだろ」

「当たり前のことを当たり前にできるというのは、結構すごいことなんですよ？」

学生の本分は勉強というくらいだ。

もちろん、それだけが高校生活のすべてではないが、メインであることに変わりはない。

それに勤しむことはごく普通のこと……と思いながらも三上さんのゆるりとした微笑みが、その当たり前を褒めてくれているような気がした。

別に褒められるような事でもない。と思いつつも、俺のクラスの全員がすべての授業を真面目に受けているかと言われればそうでもないな。

もう五月ともなれば入学したての浮かれ気分も払拭される頃合いだが、それがまだ抜けきらない生徒も一定数はいる。まあ、俺みたいなぼっちにクラスを率いるような高尚な精神はないので、別に誰が騒いでいようがどうでもいいし注意などもする気はないが……。

「そっちのクラスはどうなんだ？」

「ほとんどの生徒は真面目ですよ。あまり怒らない先生の授業の時にこっそりお喋りしてしまう子達もいますが……」

「そろそろ先生の性格とかも把握する頃合いだもんな。そういうやつもそりゃいるか」

授業を重ねていくうちに、先生に対しての理解も深まっていく。

私語に厳しい先生もいればそうでない先生もいるし、温厚な先生もいれば、些細な事でも怒り出す先生もいる。

そういった特徴を見抜いて、怒られないと判断したタイミングでサボりだす生徒もいる……ということか。

「三上さんは……真面目に授業を受けている姿しか想像できんな」

「ありがとうございます。桐島さんと一緒ですね」

「でも、授業受けていれば赤点はないだろうが……やるからには高得点目指したいよな」

別に赤点さえ回避できればいいのだが、それでは志が低いだろう。

そもそも、出題範囲の狭い中間テストなのだから、普通にやれば赤点なんか取らん。

部活にも入っていないため、放課後の時間は有り余っている。テスト勉強、ちょっくら頑張ってみるか。

「三上さんはどうするんだ？　テストに向けて勉強するから終わるまではこうして遊ぶのは止めておくか？」

「そんなの決まっています。一緒に勉強しましょう」

「あ、そう？」

即答された。

テストまでの間くらい一人で勉強したいとかあるかなと思ったがないのね。

まあ、俺も三上さんも切り替えはできる方なので、二人でやるとしてもメリハリ付けて勉強できるだろうが……まあ、いいか。

「そうです。せっかくなのでテストの点数で勝負しませんか？」

「え、やだ」

「ありがとうございます。では、負けた方は勝った方の言うことを一つ聞くということでどうでしょうか？」

「あの……聞いてた？」

「聞きましたが聞こえませんでした」

「おい」

提案という形だったが、相変わらず三上さんは俺の返事を聞く気がない。

三上さんと勝負とか嫌な予感がするから全力で断りたかったんだが……なんか俺の意思は無視されて勝負が成立してしまったようだ。

「でも、意外だな。三上さんってそういうのやらないと思ってた」

「普通に勉強してもいいのですが、こういうのでモチベーションを高めてあげると捗(はかど)るんですよ」

「そういうもんか」

「勝った時に桐島さんにどんなお願いをしようか考えると、テスト勉強も頑張れそうです」

にっこりと微笑む三上さんがやけに不気味に見えた。

なんだろうな。仮に負けてしまった時にどんなことを命令されるのか怖くなってきたぞ。

「一緒にテスト勉強頑張りましょうね」

「……ウン、頑張るよ」

三上さんの無自覚理性攻撃を耐えながら、負けられない戦いに身を置く。

……最初の中間テストだというのに、いきなりハードモードだな。


土曜日の午前中。

負けられない戦いが始まってしまうということでテスト勉強に勤しむわけだが、対戦相手の三上さんはかなり強敵かもしれない。

一緒に勉強しているということもあり、お互いに分からないところは聞き合うということになっていた。

別に勝負をするからといって敵というわけではない。分からないところを分からないまま放置しておく方がよろしくないということで、変な意地を張らずに俺も三上さんに教えを乞うことがあるのだが、三上さんはどの科目について聞いても分かりやすく教えてくれる。

それが頼もしいと同時に怖い。

この子、もしや……勝てる見込みがあったから勝負を仕掛けてきて、俺が断るのを断って強引に勝負を成立させたのではないかとちょっと疑っている。

そんな疑いの視線を対面に座り、数学の教科書とノートを開いている三上さんに向ける。おのれ、策士だな。俺がゴリ押しに弱いのを分かった上で……。

「あの……あんまり見つめられると照れます……。新手の勉強妨害ですか？」

うっすらと頬を赤く染めた三上さんは目を泳がせながら小さく呟いた。相変わらず照れたり恥じらいだりするタイミングが謎だなと思う。

身体を密着させたり、間接キスをしたり、そういうのには無反応なのに、見つめられるのはダメなのか。面白いな。

せっかくだし、覚えたての技を使って遊ぶか。

「お構いなく」

「うぅ……ずるいです」

「ずるくないだろ？　いつもやられてるんだ。たまにはやり返したっていいよな」

「よくありませんっ！　というか桐島さんの手も止まっているので意味ないじゃないですか。不毛な争いはやめましょうよ」

「いや、いいよ。お構いなく。気にせず勉強してくれ」

「うう……卑怯です」

にやにやと意地悪な表情で三上さんをじっと眺める。改めてこの美少女のご尊顔をガン見していると、むしろこっちまで照れのダメージが入ってくる気がしたが、そんな自分の羞恥心にもお構いなくと言い聞かせる。

そんな自爆特攻をかましていると、チャイムの音が鳴り響いた。

「……ああ、そういえば今日届くんだったか」

モニターを見ると、宅配業者らしき格好の人が映し出された。三上さんと買い物した時に配送した家具家電の類いだろう。

「……いいタイミングで助かりました。一時休戦、荷解きをしましょう」

どことなく安堵した様子で三上さんは教科書やノートを閉じ、立ち上がる。

俺はモニターボタンを押して、受け取りの手続きに向かった。


到着した大きく重たい箱を協力して部屋に押し込んで、開封していく。

家主として情けない限りだが、魔改造の計画は三上さんが立てたもの。どこに何を設置し、どういうふうに物を並べるかなどは彼女に一任している。

基本的に俺は三上さんの指示に従って動くパワー要員だ。といいつつも、部活にも入らず、体育の授業以外で運動もほとんどしないので、力自慢というわけでもないが……

ただでさえ侵略という名の設備投資をしてもらっている身分などで役に立たねばならない。

「俺は何からやればいい？　三上さんの指示に従うよ」

「では……そちらの棚の組み立てをお願いしてもいいですか？」

「分かった」

「あと……重たいものの設置もお任せします」

「置き場所さえ指示してくれたらやるよ」

「ありがとうございます。では、頑張りましょう」

今日運び込まれたサイズの大きいものの他に、前に買い込んだ細々とした物もまだ触らずにおいてある。やるべきことは多いが、三上さんは楽しそうだ。

俺も今更だが部屋がガラッと変化するのだという実感が湧いてきたところだ。三上さんの采配によってこの家がどのように変わるのか、楽しみにしながら頑張ろうと思う。

お昼過ぎ。三上さんの的確な指示と采配によって、無事魔改造が完遂された。

キッチンもリビングも本当に俺の家なのかと疑いたくなるくらい見違えた。随分と派手な模様替えだったが……意外と時間はかからなかったな。

しかし、三上さんがくつろぐためとはいえ、これほどまでの設備投資……俺があやかる恩恵も大きそうだ。

「おつかれさまです」

「おつかれ。お昼過ぎか。意外と早く終わったな」

「桐島さんがテキパキ頑張ってくれたのでとても楽でした。本当にありがとうございます」

「こちらこそありがとうございます」

ぺこりと小さく頭を下げた三上さんに俺も慌てて頭を下げる。

おかげで部屋のレベルが大きく上がった。それを使いこなせるかどうかは分からないが……少なくともキッチンは三上さんの独壇場になるんだろうか。いや、調理器具も増えたし、活用するか……？

「せっかくキッチン設備が充実したから、俺も料理でも始めてみるか？」

「それはいい考えですね。桐島さんのエプロンも用意してあるのでぜひやりましょう！　ちょうどお昼ご飯の時間なので、さっそく……！」

「あ、悪い。冷蔵庫ほぼ空だ。ちなみに調味料とかも全然ない」

張り切っているところ非常に申し訳ない。

冷蔵庫を開けて絶句している三上さんに謝る。

「……なるほど。桐島さんの買い食い癖を考慮しなかった私の落ち度ですね」

「ほんとすいません」

立派なキッチンスペースをまったく活用してこなかった俺の落ち度です。

これを機に料理を覚えて自炊しようと思います。

「少し休憩したら買い出しに行きましょうか」

「なんか作るのか？」

「せっかくなので新調した調理器具の使用感を確かめたいです。リクエストがあればお聞きしますよ」

「……じゃあ、甘い卵焼き」

急にリクエストと言われてもパッと出てこないと思っていたが、俺は前に食べさせてもらった、あの甘い味付けの卵焼きを思い出した。

ある意味では思い出の卵焼き。三上さんが作るそれをまた食べたいと思った俺は、気付くとリクエストを出してしまっていた。

三上さんは少し驚いた表情を浮かべ、嬉しそうに笑って了承してくれた。

久しぶりだから楽しみだ。


炊飯器のスイッチを入れて、俺達は買い出しに出かけた。

三上さんがよく通うスーパーマーケットに連れていってもらうことになり、高く昇った太陽を睨（にら）みつけながらゆっくりと歩く。

「暑いな」

「まだ五月ですが温かいですね。夏も近いかもしれません」

「夏か……暑いの苦手なんだよな」

「それなら食生活も少しは見直してください。暑くなった時に栄養バランスを気にせず惣菜(そうざい)パンばかり食べていると倒れてしまいますよ」

「……お母さん？」

「お母さんではありません」

あ、ちょっと怒った。でも、それくらい心配されてる感じだし、何気に世話焼きな三上ママに怒られないように気を付けないとな。

「ですが、本当に心配しているんですよ？　桐島さんのお家には総菜パンやカップラーメンのゴミばかりなので……」

「コンビニが近くにあるとつい甘えちまうんだよなぁ。腹減ったらふらっと行けばご飯が手に入るし」

「気持ちは分からなくないですが……これからはスーパーに通う習慣をつけていきましょう。モノによってはコンビニより安上がりですよ？」

確かにコンビニはいつでも利用できるという利点はあるが、普通のスーパーとかと比べると少し割高だ。

しかし、金銭感覚がおバグりになられていると思われていた三上ママだったが……そういうことも気にできるとは正直驚いた。実は意外と倹約家(けんやくか)だったりするのだろうか。

「まあ、テストが終わったら料理の勉強でもしてみるさ。そうすりゃ自然とスーパーにも行くようになるだろ」

「桐島さんの手料理……楽しみですね」

「そう言ってもらえるのはありがたいが、まともな料理を出せるのはいつになるかな……」

「それまでは私と一緒に料理にしましょう。できるようになるまで教えてあげますよ」

はっきり言ってまともな料理を作れるようになるまでかなり時間がかかると思うが、三上ママが教えてくれるのならとても心強い。

それに……二人でキッチンに立つのは少し気恥ずかしいが、楽しみに思っている俺もいる。

「よろしく頼むよ、三上ママ………あ」

「誰がママですか、誰が」

心の中で三上ママと呼んでいるのがうっかり口に出てしまった。

三上さんに割と強めに手を抓られた。


スーパーに到着し、買い物かごをのせたカートを押して店内を回る。

今日のお昼ご飯の材料を買うのだと思っていたが、三上さんは夜と日曜日の分も買うらしい。入り浸る気満々だな。

ママ呼ばわりした謝罪も込めて今回の買い物はすべて俺持ちだが、三上さんは結局俺の分のご飯も作ってくれるので、多めに買う分には構わない。どんどんかごにぶち込んでくれ。

「とりあえず桐島さんのリクエストにお応えするために卵は確定として、玉ねぎや人参、じゃがいもなどあっても困らない野菜も買っておきましょう」

「カレーでも作るのか？」

「食べたいですか？　では、お肉やルーなども買って作れる準備をしておきましょう」

「お、まじか。楽しみ」

三上さんのあげた野菜の羅列を聞いて、なんとなくカレーっぽいなと思った。三上さん的には保存がきいて長持ちする野菜を常備しておこうという考えなんだろう。冷蔵庫の野菜室はスカスカなので、ぜひお好きな野菜で埋めてくれ。

「ちなみに調味料は何があるんですか？」

「醤油と砂糖」

「せめて料理の『さしすせそ』くらい揃えておきましょうよ。なんでそれだけなんですか」

「さしすせそか。さは砂糖で、しは醤油だろ。すは……酢か。せとそってなんだ？」

「しは塩ですよ。せが醤油でそは味噌です」

三上ママは呆れている。

なんで〝せ〟なのに醤油なんだよ。味噌も同じパターンなら〝み〟だろ。

「塩と味噌は買うとして……酢はまた今度でいいですか」

「任せるよ」

早くもキッチンの番人は三上さんだ。

俺のことはお財布兼荷物持ち係だと思って扱き使ってくれればいいさ。

「桐島さんの家の冷蔵庫は大きかったのでたくさん買っても大丈夫そうですが……日持ちしないものは悩ましいですね。桐島さん、私が料理しなかった時に一人で消費できますか？」

「丸かじりできるものなら」

「……心配ですね。長持ちする野菜以外は買い置きしない方がいいですか。今日明日で消費できる分だけにしておきます」

料理してみようかなと言ったが、そう簡単にできることでもないし、中間テストという負けられない戦いもあるので、挑戦するのはまだ先になりそうだ。

三上さんにご飯を作ってもらう前提でいるのもおかしな話だが、おそらく今日明日の俺のご飯は三上さんのお手製だろう。

でも、それ以降が確定しないのなら、あまり買い置きはしない方が懸命か。使わずに腐らせるとかもったいないことしたくないし。

「料理のバリエーションを広げるには全然足りませんが……ひとまずこのくらいにしておきましょう。お肉を買ったらお会計しましょうか」

「おっけ」

俺なんかあちこち目がいってしまうが、三上さんは予め買いたいものを頭の中でリストアップしているのか、売り場を回るのもスピーディだ。

買い物も手馴れていて、さすが三上ママって感じだ。

帰宅して、買い込んだものを整理して冷蔵庫に詰めると、お昼ご飯の準備に取り掛かる。

このキッチンに立つために用意したエプロンを華麗に着こなした三上さんは、にっこりとした笑顔で俺に布を押し付けてきた。

開いてみると、お揃いで買った俺用のエプロンだった。

「着ろと？」

「はい」

「え、別にいいけど……俺いても邪魔じゃね？」

一応家主は俺で三上さんはお客さんだが、三上さんは自分の家のようにくつろいでいるため行動制限はないに等しい。

そもそもお客さんにご飯を作らせることが異常事態であるが、三上さんがしたくて設備投資してくれてるので、そこは気にしないことにする。

そんな客の立場でありながらキッチンに立とうとする三上さんに対して、俺が取るべき模範行動は手伝いを申し出ることだが、俺が手伝いに参戦してなんになるのかという問題がある。

　はっきり言って調理補助として役に立てる自信はない。むしろ邪魔だろ。

「邪魔なんかじゃありません。一緒にキッチンに立ってくれるだけで私は嬉しいです」

　三上さんうっすらと頬を染めて、慈愛に満ち溢れた天使のような微笑みを浮かべる。思わず惚けてしまって、息をするのも忘れてしまっていた。

　破壊力抜群の言葉と仕草に頭がくらくらする。

　なんだってこの子はこんなにも俺に構ってくれるのだろうかと今更ながら思ってしまう。

　初めは学校のベストスポット。次は放課後。その次は朝。そして休日まで。俺のぼっちを順調に脅かしていく三上さんは何を考えているのか、ときどき分からなくなる。

　でも、その度に思い出すのは三上さんの噂について聞いて、彼女との関わりを絶とうとした時のことだ。

　俺と三上さんは釣り合わないと決めつけて、周りの声に流されて、自分と三上さんの意思を無視した。

『私が仲良くしたいと思ったあなたと仲良くしようとすることはそんなにおかしいことですか？』

　真っすぐな瞳で、嘘偽りなく本心で、自分を曲げずにいられる彼女はとてもかっこ

NEKO
MANMA

よくて綺麗だった。

　そんな彼女の隣は居心地がよかった。浸っていたいと思ってしまった。

　だから、もう。もう今更なんだよ。

　今更、三上さんから逃げることはできない。考えるまでもなく分かっていた。

「はぁ……別に着るのはいいが、大したことはしてやれないぞ？」

「いてくれることに意味があるので構いません」

「……さいで」

「そうです」

　すぐそういうことを言う。

　無自覚に勘違いさせるようなことばかり言って本当に心臓に悪い。

　でもまあ、断っても断られるのがオチだ。

　エプロンを買う前からお揃いだと騒いで楽しみにしていたし、三上さんが望むのなら
……これくらいしてやってもいいだろう。

「じゃあ、隣で観察と応援してるから、邪魔だったら追い出してくれ」

　俺はエプロンを着て、気恥ずかしさを我慢しながらキッチンへ入った。

　三上さんは……なんでか知らないがとても嬉しそうだった。

　手洗いを済ませて、調理に入る。

　慣れないことをするというのもそうだが、三上さんのエプロン姿が眩しいのもすごく

緊張する。実際に料理をする姿を見るのは初めてだが、普段お昼ごはんで持ってきているお弁当の中身などでも分かるが、三上さんは相当料理慣れしているんだなと思う。

立ち振る舞いから凜（りん）としていて美しい。

「俺は何をすればいいんだ？　肩でも揉（も）もうか？」

「とても魅力的な提案ですが調理中は危ないので後でお願いします。桐島さんは……お野菜のカットをお任せしようかと」

「おーけー。負傷時の手当は任せた」

「……怪我（けが）する前提はやめてください」

まな板の上に置かれた野菜達と新品で切れ味抜群そうなピカピカの包丁。自分の指を材料にしないように気を付けるつもりだ。

「人参（にんじん）とじゃがいもをこのくらいの大きさにお願いします」

「……さすがにそれならできそうだ」

三上さんが人参とじゃがいもを一口大に切って見本を見せてくれた。いきなり玉ねぎをみじん切りにしろとか言われたら流血事件が起こったかもしれないが、それくらいならなんとかできそうだ。

三上さんは手際よく玉ねぎを切り、肉も切っていく。

自分の作業をしているはずなのに、やけに視線を感じる。俺のおぼつかない様子が心配なのだろうか。

それでもこれくらいならなんとか……。三上さんほど手際はよくないが俺的には及第点だ。

「こんなもんでいいか？」

「はい、完璧です」

「次は何をすればいいんだ？」

「並行して卵焼きも作るので、卵を割ってもらえますか？」

「……殻の混入はどれくらい許容できる？」

「え、まぁ……ちょっとくらいなら許します」

三上さんは切った具材を炒めており、手持ち無沙汰になった俺は次の指示を求めた。

彼女なりに考えて俺でもできるだろう作業を振ってくれたんだろうが、それに対しての自信のなさを正直に告げると三上さんは俺を三度見して固まった。

三上さんくらい料理慣れしてる人にとって卵を割るのはそう難しくないタスクなんだなと思わされた瞬間だった。難易度の認識が明らかに違ったからな。

「うお……久しぶりだな」

緊張しながらも卵を慎重に割っていく。これを片手でやれる人はどれだけ卵を割ってきたんだろうな。

「できたぞ。多分殻は入ってない……と思う」

「ありがとうございます。味付けは私の好みで大丈夫でしたか？」

「あぁ、任せる」

「では、引き継ぎます」

鍋の方はいつの間にか水やら調味料が入っており、あとは中火で火を通すだけらしい。俺が目を離した隙にどんどん調理が進んでいる。いや……俺がびびりながらもたもた卵を割っていたのか。

卵が入ったお椀に調味料を大さじやら小さじやらよく分からん単位を言いながら入れていく三上さん。大さじ小さじとか少々とか言われてもどれくらい入れればいいのか分からんから、そこらへんは振られなくてよかったと心底思う。

「では、テーブルの上を片付けて綺麗にしてきてください。それが終わったらご飯をよそって、お箸やお皿などの用意をお願いします」

調理補助は終わりみたいだな。

まぁ、多分あとは焼くだけだし、俺がいても応援しかできないだろう。

キッチンに広がるいい匂いに腹が鳴りそうになる。

それを聞かれないうちに俺は準備へと向かった。

幕間　キャッチ・ザ・胃袋

少し遅めのお昼ご飯が完成しました。

桐島さんのお腹が空いてそうだったので、お昼は簡単に肉じゃがと卵焼きです。

卵焼きは桐島さんがリクエストしてくれた、私も好きな甘い味付けのものです。以前お弁当を作った際に気に入ってもらえたみたいでとても嬉しいです。

今回もおいしいと言って貰えるように頑張って作りましたが……とても緊張しました。

桐島さんとお揃いのエプロンを着て、初めての共同作業。緊張しないわけがありません。

ですが、エプロン姿の桐島さんを脳に焼き付けたくて、何度も桐島さんをちらちら見てしまいました。何度か目が合ってしまったのできっとバレているはずです。恥ずかしいです。

「見るからに美味(うま)そうだ。食べていいか？」

「はい、どうぞ。お口に合うといいのですが」

「ありがとう。いただきます」

「いただきます」

手を合わせて、いただきますの挨拶をします。

手に持った箸、茶碗、食器などはこうして食事を一緒に取ることを想定して買い揃えたものです。こんなにも早く使う場面がきて嬉しいですね。

桐島さんは……卵焼きから食べるみたいです。

なんだかドキドキしてきました。

「……どうですか？」

「めっちゃうまい！　やっぱり俺、三上さんの作る卵焼き好きだ！」

そう言ってご飯を口に運ぶ桐島さんの表情を見て、私は安堵しました。

これまで桐島さんと一緒にお昼ご飯を共にして、桐島さんがおいしいと感じた時の様子は分かるつもりです。

今のは嘘でもお世辞でもないのが分かる、私が望んでいた反応でした。

「よかったです」

キッチンの環境を整えたおかげで、私はいつでもここで桐島さんに料理を振る舞えます。

まずは胃袋を摑めと言いますし……これからもっと頑張らなければいけませんね。

第6話 強引(ゴーイン)グ・マイ・ウェイ

三上(みかみ)さん監修の設備投資と言う名の侵略活動を受け、俺の家の雰囲気はがらりと変わった。

とはいえ、快適さが増したというだけで、困ることはない。

いや、一つだけあるとすれば三上さんにとって快適になりすぎてしまったことだろうか。

「三上さん、八時過ぎるぞ。そろそろ帰った方がいいんじゃないか?」

「……まだ大丈夫です」

「……って言ってもなぁ。上の階に行くだけかもしれないけど、あんまり遅くなると親が心配するだろ?」

「問題ありません。許可は取っています」

こんな感じで一度家に上げると中々帰らなくなってしまった。

同じマンション内での移動だけだから夜道を歩かせるとかの危険は少ないのかもしれないが、一応多感なお年頃の男子高校生と女子高校生だ。あまり夜遅くまで居座るのはどうかと思うが、三上さんはすっかりリラックスしており、次の日も休日である金曜日や土曜日などは特に帰り渋る。

「えへへ……私の家です。快適です」

ついには自分の家だと宣う始末だ。

三上さんはソファでだらしなく伸びをして転がる無防備な姿を堂々と俺に見せ付けてくる。制服が色々捲れてるし、お腹とか見えてるし、もう少し恥じらいを持ちなさい。

「桐島さんは……私といるのが嫌なんですか？」

「そんなわけあるか。嫌だったらそもそも家に上げてないよ」

三上さんはクッションを抱き締めて、寝転がったまま俺を見つめる。

不安そうな瞳になんだか悪いことをしているような気がする。

でも、三上さんが嫌だから追い出したいとかそういう気持ちで言っているわけではない。ただ、やっぱり俺達はまだ高校生。男女二人きりで夜遅くまでというのはいかがなものかと思う。三上さんが仕上げたこの空間が彼女にとって心地いいものになっているのは喜ばしいことだけど、ある程度の節度は持たないといけない。

「あと一時間」

「ダメ」

「……あと三時間」

「ダメ」

「明日の朝には帰りますから」

「ダメ」

「では……二泊三日でどうですか？」

「もしかして逆ドア・イン・ザ・フェイスしようとしてる？　譲歩を引き出そうとするなら逆だからね？」

ドア・イン・ザ・フェイステクニックと呼ばれる承諾を得るための手法。確か譲歩的要請法とも言うんだったか。

初めに断られる前提の要求を行い、その後にそれよりも小さな要求をすることで、その要求を通しやすくするテクニックだ。

例えば三上さんがしている要求なら、あと三時間と言われて断った後に、あと一時間だけと言われたら、まあそれくらいなら……とつい許してしまったかもしれない。

だが、三上さんはただただ要求を吊り上げていっているだけだ。

要求がどんどん吊り上がり譲歩どころではない。あと、しれっと女子高生が一人暮らしの男子高校生の家に泊まろうとしないの。ドヤ顔で二泊三日しようとしないの。

「では、これでフリータイムにしてください」

「栄一さん出されても困るんだけど。うちそういうサービスやってないから」

「では八時間延長でお願いします」

「カラオケか何かと勘違いしてる？」

「あ、カラオケいいですね。今度行きませんか？」

「テスト終わったら打ち上げで行くか……じゃなくて、とりあえずいったん帰ろ？　どうせまた明日も来る気満々なんだから、な？」

「明日も来るのなら、わざわざ帰らなくてもいいと思います」

「いいと思いません」

フリータイムとか延長とかカラオケみたいなことを言う三上さんはどうすればいいのか。しれっとカラオケに行く約束まで取り付けてこようとするし。別にそれはいいとして、三上さんはどうしたら帰ってくれるのだろうか？

「三上さん、どうしても帰る気はない？」

「一回帰って着替えてきてもいいですか？」

「よくない」

「つまり……ここで着替えろと？」

「そうは言ってない。だから早まるなよ」

もう何をしでかすか分からない三上さんが怖い。

本来なら女の子の方が感じるべき危機感なのに、俺の方が身の危険を感じている。

三上さんは頬を膨らませて、俺を説得しようとあの手この手で攻めてこようとしている。

普段ならとっくに折れてしまっているが今回ばかりは折れるわけにはいかない。

守るべき節度がある。どうにかして三上さんに分かってもらわないといけないのだが……押し切られそうなんだよなぁ。

「よし、分かった。取引しよう」

「……話を聞きましょう」

「とりあえず三上さんにいったん帰ってほしい。帰ってほしいといっても一回帰ってまた来るとかじゃなくて、三上さんの自宅できちんと夜を明かして、明日になってから来てほしい」

「明日の定義は日付が変わってからという認識でよろしかったですか？」

「よろしくない。午前八時以降でお願いします」

「……交渉決裂ですね」

「なんでだよ。まだ話し合えるだろ」

あまりにも早い交渉決裂。

まだ取引内容も聞いてないだろ。頼むからもう少しだけ話し合おう。俺達は分かり合えるはずだ。

「三上さんだって今は割と自由に外出できているかもしれないけど、あんまり親を心配させて外出制限とか、厳しめの門限とか設けられたら困るだろ？」

「……むぅ、痛いところを突いてきますね……」

三上さんは超絶かわいい美少女だ。

そんな彼女もまだ高校生。親の立場からすればまだまだ子供のはず。

これまでだって何度か親は心配していないのか尋ねてはいたが、いつも返ってくるのは『許可は取っている』というお決まりの文句だ。

しかし、親からの許可が下りていたとしても、許可さえあれば際限なく帰りが遅くなっていいというわけではないだろう。ましてや朝帰りなんて論外だ。

「分かりました、確かにそれは私としても望むところではありません。それで……桐島さんの取引とは？」

「とりあえず……貸し一でどうだ？」

「……いいでしょう。とても魅力的です」

なぜ俺が借りを作る立場なのか分からないが、今はこれでいい。本当に解せないが……これでいいんだ。

「じゃあ交渉は……？」

「成立ですね。今日のところは帰ります」

そうか。これでまだごねるようだったらもうどうしようもなかった。

なんとか帰り支度を始めてくれた三上さんに心底安堵している。

そんな彼女を見送るために、玄関に向かう。

「また明日ですね。では、いってきます」

「おう、いってらっしゃい……？」

なんか違和感満載の見送りだったが……もう面倒なので気にしないことにした。

明日来た時はおかえりと言って迎えてあげればいいのかな……？


翌朝。学校のない休日だというのに早起きをする習慣がついてしまっているのは、彼女が襲来するからだ。

学校のない日くらい昼過ぎまで寝ていたい気持ちもあるが、三上さんのおかげで休日でもだらけずに適度に健康的な生活を送れているとも言える。

卓上の置時計を見ると、時刻は七時五十分。まるで学校に行く日のような生活リズムだ。普段よりは少し遅めの朝ごはんとしてジャムを塗った食パンを齧(かじ)りながらお湯を沸(わ)かしてコーヒーの準備をする。

カップは……二つ分。

早めに入れておけば、三上さんが来た頃にはちょうど飲みやすい温度になっているだろう。

一応約束は八時以降としてあるが……三上さんのことだ。多分もういる。インターホンに指を掛け、時計の数字が切り替わるのを今か今かと待っている姿が容易に想像できる。

「おぉ……やっぱり」

興味本位でインターホンモニターを付けてみたらいました、三上さん。

取引の内容だったからか律儀に時間が来るのを待ってるのは偉いと思うが……家の前で周囲をきょろきょろしながら待機するのは控えめに言っても不審者だ。

……仕方ない、回収するか。

「おい」

「うひゃあっ……き、桐島さんですか。驚かさないでくださいよ……」

「家の前で挙動不審な方が悪い」

「失礼な。ちょっとそわそわしてただけじゃないですか」

玄関扉を開けて三上さんを出迎える。

急に開いた扉に驚いた三上さんは大袈裟な反応をした。うひゃあて、かわいいな。

「そこで待つのも大変だろ？　上がれよ」

「八時まであと数分ほどありますがいいのですか？」

三上さん、変なところ律儀だよな。普段は人の話聞かないくせにこういうのは聞くのかよ。

「え、じゃあダメ。数分後にまた会おう」

「え……えっ？」

からかうために扉を閉めてみた。三上さんの困惑の表情がパタンという音と共に見えなくなり、その代わりにノックの連打音が響いてきた。

「なんだよ？　まだ上がらないんじゃなかったのか？」

「……そうは言ってません」

「じゃあ、いいぞ……って、なんだよこの手は」

三上さんを招いて、部屋の中に戻ろうとする俺の手をキュッと摑まれて引っ張られた。

また何か企んでるのかこの子は……と要求を待ってみても三上さんは黙ったまんまだ。

ただ、手を払おうとすると力が込められて離してくれない。

なにこれ。玄関先で俺は何を求められているのだろうか。

「ヒント」

「桐島さんは私に何か言うことがあると思います」

「言うこと？　おはよう」

「はい、おはようございます」

こうしているのも時間の無駄だ。

三上さんが何を考えているのか分からないのは今に始まったことではない。こういう時は考えても答えは出ないし雁字搦めになるだけなので、潔く諦めてヒントを頂戴しましょう。

ヒントの内容は三上さんに言うこと。

つまりかけるべき言葉がある。要するに三上さんが所望するお言葉を当てるゲームか。

とりあえず朝なので、朝の挨拶としておはようと言ってみた。三上さんも笑顔で挨拶を返してくれたが……手は離れない。どうやらはずれみたいだ。

「えー、いらっしゃい？」

「はい、お邪魔します」

「えっと……少し髪切った？」

「切ってません」

「……今日もかわいいな」

「うえっ⁉　そ、その……ありがとう、ございます？」

うーん、どれも違うみたいだな。

ちなみに最後のは普通に本心だ。一瞬三上さんの手は緩（ゆる）んだけど、すぐに摑みなおされてしまったので当たりの言葉ではない。

ただ三上さんに効いてそうなので、じっと見つめながら何が正解なのか考える。

三上さんが俺を離してくれないのはなんでだろう。この場所……玄関から動かしたくないのか。だとしたら、今この場所でかけてほしい言葉……あっ。

『いってきます』

『いってらっしゃい……？』

三上さんは昨日帰る時、そう言ったんだったな。

ということは……もしや。

「おかえり……か」

「はい、ただいまです」

どうやら正解だったみたいだ。三上さんはずっと摑んで離してくれなかった俺の手を離してご満悦の様子だ。

おかえり……か。ここ、俺の家なんだけどなぁ。三上さんにとって帰る場所判定なのかよ。

まあ、いいか。よくないけど。

招いた、もとい帰ってきた三上さんはクッションが並ぶソファへとダイブした。クッションを抱いて身体（からだ）を沈めて一瞬でリラックスモード突入だ。

「今日はどうするんだ？」

「とりあえず午前中はお勉強しましょう。桐島さんもそのつもりですよね？」

「ああ、三上さんに負けたらとんでもないことになりそうだから、ちゃんと備えておかないといけないいな」

「私としては昨日の取引で貸しを一つ作ることができたので、テストの勝敗にはこだわらなくてもよくなりましたが……負けてあげる気もありませんよ？」

「別に八百長なんか頼まないさ。ちゃんと自分の実力でやらなきゃ意味がない」

中間テストは三上さんとの勝負でもあるが、その本質はこれまで習ったことをどれだけ覚えているかを正しく測るためのものだ。正直、負けられない戦いではあるが、三上さんに手を抜いてもらうほど落ちぶれていない。

「といっても桐島さんなら問題ないと思いますけどね。これまでの勉強の様子から、どの教科も高得点間違いなしです」

「そりゃどーも。三上さんが分かりやすく教えてくれたおかげだな」

放課後や休日に三上さんと一緒に勉強するようになってから何度も身に染みた。この子、頭いい。その恩恵（おんけい）を俺も受けているが……点数勝負となると厳しい戦いになりそうだな。

「俺は先に始めてるぞ」

「分かりました。私はあと五分ほどモフモフしたらそっちに行きますので」

「……寝るなよ？」

「そう言われると眠たくなってきました。桐島さん、膝枕（ひざまくら）をしてくれませんか？」

「……そっちに柔らかいクッションたくさんあるだろ？　それ使えよ」

「聞こえません」

「おい」

「いいじゃないですか。減るもんじゃありませんし」

「減るよ。主に俺のメンタル的な何かが」

「では貸し一をここで消費します」

また突拍子もない事を言い出したと思ったら……そこまでして膝枕されたいのかよ。男の膝枕なんぞ硬いだけだろ。絶対クッションの方がマシだと思う。

だが、三上さんは激しく催促(さいそく)を続けているので、してあげるまでうるさそうだ。

比較的マシな要求で借りをなかったことにできるならアリか。

俺はペンを置き、英語の単語帳を片手にソファへと向かった。

ご丁寧に頭を上げて待機する三上さん。

貴重な貸しを使ってまで膝枕をさせてくるとは……本当に意味が分からない。

「ほら、いいよ」

「失礼します」

俺の膝、というか太ももに三上さんの頭がのっかる。

僅(わず)かに伝わる温もりに気付かないふりをして、じっと見つめてくる三上さんの視界を塞(ふさ)ぐように単語帳を開くが、すぐに取り上げられてしまった。

そして、空になった手を三上さんに摑まれ、誘導される。

辿(たど)り着いた先は三上さんの頭で、俺の手を操縦して撫(な)でるように動かしている。

「桐島さんの手、大きいですね。このまま……撫でてください」

そう呟(つぶや)いて三上さんは目を閉じた。

しばらくすると、安らかな寝息が聞こえてきて、俺はもうどうしようもできなかった。

あまりにも無防備が過ぎる。今すぐにでもたたき起こして苦言を呈(てい)してやりたいところだが、気持ちよさそうな寝顔が目に入るとそんな気も失(う)せてしまう。

単語帳も取り上げられ、他のものを取りに行くこともできない。

手持ち無沙汰になった俺は、結局三上さんの要求通りにするしかなかった。

「これはサービスだからな」

眠っている女の子に触れるというのはなんだかよくないことをしているがしてならないが、三上さんの要求だから仕方のないことだ。

そうやって自分の行いを正当化しながら、三上さんの頭を一定のリズムで撫で続ける。

しかし……随分高くついたな。三上さんに借りを作ってはいけないとよく分かったよ。


その後、程なくして足が痺れる予兆を受け取った俺は、熟睡している三上さんの頭をふわふわクッションに移して脱出した。

没収された単語帳を取り返して、ブランケットをかける。どこかで目を覚まして逃げ出したことを咎められるのが唯一の懸念だったが、すやすやと寝息を立てている。

（寝ちゃうくらい眠いのにわざわざ俺の家まで来るんだもんなぁ……）

なるべく音を立てずに移動して、キッチンへと向かう。

いまさらになって緊張で喉がカラカラに渇いてきた。

（やばいな……俺も距離感バグってきてる。普通恋人でもない男女がこんなことしないだろ……）

水をがぶ飲みしながら、平然と行われていた先程までの自分の軽率な行動を省みる。

膝枕して頭を撫でるってなんだよ。冷静になって顔が熱くなる。

散々三上さんに距離感がどうのこうのと思っていたが、いつの間にか俺の方もおかしくなっているのかもしれない。いや、間違いなくおかしくなっている。

いつから。どこからおかしくなっている……なんて考えなくても分かることだ。

あの日、三上さんと出会ってから、すべてが変わったんだ。

初めは、昼休みの時間だけを許したはずだった。

それが、いつの間にか放課後や朝、休日へとどんどん広がっていった。思い返せば本当に一瞬だったな。少し気を許せば、瞬く間に懐に潜り込まれ……いつの間にかその状態が当たり前となっていた。

　孤高の陰キャぼっちが聞いて呆れる。

なぜか懐いてしまった超絶美少女に好き放題侵略を許してしまっている始末。そう、許してしまっているのだ。それは俺が、三上さんといる時間を心地よく思っていて、ぐいぐい迫ってくる彼女を拒む必要がないのだと判断しているからだ。

……まあ、拒んでも意味がないと諦めることを知ってしまったというのもあるが。

（それにしても……そう考えると友達以上のことを普通にやってるんだよな）

学校でご飯を食べたり、登下校を共にしたり、放課後に寄り道して遊んだり。そういうのは、二人きりで行われているという点を含めてもまだギリギリ友達の範疇だろう。

だが、デートだったり、撫でさせてきたり、お泊まりしようとしたり……境界ギリギリから余裕で越えているところまで三上さんは平気でやろうとしてくるからな。

一人暮らしの俺の家に当たり前のように朝から晩までいるのもそうだ。

あまりにも自然すぎて、なんの疑問も持たずにいたが、改めて思うとおかしい。

（三上さんは何を考えているんだろうな）

喉の渇きがマシになったところで、静かに三上さんの眠るソファに近付く。

床に腰を下ろして、彼女のあどけない寝顔をじっと見つめる。


こういうのもそうだ。女の子が男の家で無防備にも眠ってしまうなんて……よく考えたら有り得ないことだ。でも、それだけ三上さんにとって、眠ってしまっても大丈夫だと思えるほどにここが……俺が安心できるのだとしたら、それほど光栄なことはないな。

まあ、単純に俺が男として見られてないだけかもしれないが……。

距離感……か。

おかしくなってしまったことに、いまさら気付いたってもう遅いのかもしれないな。

三上さんに心を許してしまっている俺が、いまさら三上さんを突き放すなんてできるはずもない。ただでさえ普段からゴリ押しされているのだ。

俺が距離を置いても、それ以上に三上さんが距離を詰めてくる。まあ、簡潔に言うなら……もう逃げられないってやつか。そんな予感がする。

それに、家の中まで三上さんが過ごしやすいようにカスタマイズされているのだ。こんなに設備投資をしてもらって、もう来ないでくれなんて言えるわけがない。

ちなみに、三上さんが最近ベッドのカタログを眺めているのは分かっている。いつの日かお泊まりが恒常化するのも近いのだろうか……。阻止できるように頑張ってはみるが、押し切られそうだ。

結論、侵略者からは逃れられないということだな。

どうせ。どうせ三上さんは止まらない。でも、三上さんの行動は、三上さんの心に従ったものだ。やりたいことを思うがままに。彼女の本心が行動指針。それだけ分かっていれば、あとは俺が諦めれば済む話だ。

だから……俺がその違和感に気付かずにいられるように、お得意の侵略で侵して、バグらせて、分からなくしてくれ。

三上さんがバグった距離感を押し付けてきてくれる限り、俺もきっとバグったままでいられるはずだ。

毒を食らわば皿までだ。

今後も三上さんと変わらずに接するのなら……きっとその方が都合もいいだろう。

「三上さんが俺に懐いてくれるのは……望んでやってるんだよな？」

三上さんはすぐ思わせぶりなことをする。つい……勘違いしてしまいそうになる。

「でも……現状維持でいいんだよな？」

このよく分からない関係性が、今はとても心地がいい。だからこそ、壊してしまうのを恐れているのかもしれない。

高校デビューに失敗した陰キャぼっちの俺の、たった一人の第一友達。俺のすべてを脅かす侵略者。

友達というにはいびつすぎる関係だけど……今はまだ、このままでいいんだ。

焦る必要はない。

俺は自分にそう言い聞かせて、震える手で三上さんの頬をそっと撫でた。

ふと時計を見るとちょうど十二時を回った。

八時に来た三上さんはまだ寝ていて、あまりの快眠っぷりに家でちゃんと寝ているのか不安になる。

しかし、もう昼か。

勉強はしていたが、どうにも身が入らなかった。気が付くと頭は三上さんでいっぱいになり、集中が途切れてしまう。その繰り返しで時間だけが過ぎていった。学習成果は乏しいのに、なんだかめちゃくちゃ疲れた。

このままだらだら続けていてもためにならなそうなので、いったん休憩を挟もうとして立ち上がり伸びをする。

するとパサリと乾いた音が聞こえた。三上さんにかけたブランケットが床に落ちた音だ。

三上さんがゆっくりと身体を起こし、ソファに座り直してぽわぽわとだらしない表情をしている。そんな三上さんに近寄って、冷たいお茶の入ったグラスを渡しながら声をかける。

「起きたか。熟睡だったな」

「おはようございます。今何時ですか？」

「ちょうど十二時を過ぎたところだ。すっきりしたか？」

「……そんなに寝ていたんですか……っ」

三上さんは時計を見て、信じられないといった様子で立ち上がる。

結構な慌てぶり、いったいどういう心境なんだろうか。

「せっかくの時間が……どうして起こしてくれなかったんですか？」

「いやぁ……あまりにも気持ちよさそうだったし、こんな朝っぱらから寝始めるなんてよっぽど疲れてるのかもと思ったら起こせなかった」

「ぐぬぬぬ……不覚です。早寝早起きしたのに……おかしいですね」

まあ、たまにはそういう日もあるだろう。

特に疲れもないのに不思議と眠くて仕方がない日だってある。学校がある日だったらそうもいかないが、休日くらい睡魔に抗わずに惰眠を貪ってもバチは当たらない。幸いにも三上さんはテストも不安はないだろうし、多少息抜きをしても問題ないだろう。

……ま、俺の勉強も捗ってないから、もう少し寝ててもらっても構わないが……なんてちょっぴり思ったり思わなかったり。

「お昼ご飯の準備をしなくてはいけませんね……きゃっ⁉」

キッチンへ向かおうとした三上さん。だが、その足元には先程落ちてしまったブランケットがある。それを踏んづけて足を取られてしまった三上さんは、俺に突っ込むような形で倒れ込んできた。

「大丈夫か？」

「はい、受け止めてくれてありがとうございます」

「それはいいんだが、あの……大丈夫なら離れて」

「お構いなく」

さすがにこの体勢は構うんだが……⁉

受け止めて、三上さんの体勢も整ったのにどうして離れるどころかくっついてくるんですかこの子は。寝ぼけてますか？

「えへへ……あたたかい」

あ、やばい。

ついさっきまでずっと三上さんのことを意識している状態だったから、なんかとんでもなく熱い。普段は考えないようにしている煩悩が容赦なく襲ってくる。すごい柔らかいし、いい匂いがしてくらくらする。頭を擦りつけないで。死人が出るぞ。

「……桐島さん、なんか熱くないですか？」

「へっ……？」

胸元に埋まる三上さんの顔がもぞもぞと動きくすぐったいと思っていると、くぐもった声と共に三上さんが少しだけ離れてくれて、俺を上目遣いで見つめていた。

熱いかって。そりゃそうだろ。

こんな無自覚理性攻撃をされて熱くならないわけがない。

それに、多少慣れてきたとはいえ三上さんは正直めっちゃかわいい。

特に意識してしまっている今、平静を装いながらも一挙手一投足から目を離せずにいた。

寝起きの伸びでその……身体のラインが強調されたり、微妙に呂律が回っていない口調がかわいかったり、色々ともっくにもう限界だ。

「本当に熱い……。顔も真っ赤です。もしかして熱でもありますか？」

「い、いや……ないよ。だから離れて」

手を握られて、帯びた熱が伝わる。三上さんの手はひんやりとしていてとても気持ちいい。でも、それ以上に身体が沸騰しているんじゃないかってくらい熱い。

「熱、測りましょう」

「あ、あっちに体温計がある……って三上さん？」

「動かないでください」

「一応聞くけど何しようとしてるの？」

「熱を測ろうとしています。あまり動かれると合わせにくいので……」

背伸びをしながらじりじりとにじり寄る三上さんの顔が近くなる。

はっきりとは答えてくれなかったが、この感じ、額(ひたい)を合わせようとしているな。

一歩、また一歩。ゆっくりと後ずさる。でも、俺の手を掴んでいる三上さんも付いてくる。

そうやって後ろを見ないで下がっていると、ソファに足を引っかけて、背中からソファに倒れ込んでしまった。先程まで三上さんが寝ていた場所だ。その認識だけでまたくらっとする。

その一瞬の隙(すき)を突いて……三上さんは俺の腹にまたがってペタリと座り込んだ。三上さんは俺の額をロックオンしすぎるあまり、ヤバいことをしている自覚はなさそうだ。

君、女の子でしょ。ダメだって、マジで。

「もう逃がしませんよ。ジッとしててくださいね」

万事休すか。三上さんのご尊顔が迫り、鼻先が触れ、額が重なった。

仮にも病人として接しようとしているのに、この強引な熱の測り方は……本当に三上さんらしいな。

その後、無事発熱と診断された俺は寝室に連行された。

三上さんが看病してくれるらしい。今日は無理せずゆっくり休めとベッドに押し倒されてしまった。

別に体調が悪いわけじゃないが、ドッと疲れたのは確かだ。

三上さんと離れたことで体温は下がっただろうが、動くと三上さんがとんできて、また俺のオーバーヒートを誘発する。完全にマッチポンプだ。

三上さんは今、おかゆを作っている。

戻ってくるまで安静にということだが、正直ジッとしているのは退屈だ。

でも、逃げてもどうせ捕まるし、無駄な体力は使わずにおとなしくするか。

ほどなくして、三上さんが土鍋をのせたお盆を持ってやってきた。

「桐島さん、食欲はありますか？」

「ああ、それなりにな」

「それならよかったです。いっぱい食べて早くよくなってくださいね」

純粋に心配してくれているんだろうな。

なんかどこも悪くないのに看病されているのは悪い気がするが……役得だと思って甘えておこうか。

身体を起こし、お盆を受け取ろうとする。

しかし、それは拒否された。なんだか嫌な予感がするぞ、おい。

「ふー、ふー。はい、あーん」

「い、いや、いいよ。自分で食えるから」

「あーん」

「そこまでしてもらわなくて大丈夫だって」

「あーん」

「あの……交渉の余地(よち)は？」

「あーん」

なるほど、諦めも肝心ということですね。

こうなった三上さんをどうにかできる手段はない。潔(いさぎよ)く口を開けましょう。

「はい、あーん。どうですか？」

「……美味(うま)い」

「そうですか、それはよかったです。まだありますからね。ふー、ふー。はい、どうぞ」

レンゲを手放そうとしない三上さん。

俺にできることは、羞恥(しゅうち)に耐えて口を開くことだけだった。


結局おかゆを食べきるまで三上さんにあーんされた。途中で何度か自分で食べられると言ってみたが取り付く島もなかった。当然と言えば当然か。

「ふわぁ、お腹もいっぱいになったしなんか眠くなってきたな」

「どうぞ、ゆっくりと寝てください」

「……そうさせてもらうか」

食べさせてもらったおかゆのおかげか身体がすごいぽかぽかする。強制的にベッドに放り込まれたこともあり、眠りにいざなわれる準備は万端だ。

瞼（まぶた）が重たくなり、自然と下がってくる。三上さんの顔がぼんやりと薄れていく。

「おやすみなさい。よい夢を」

三上さんの綺麗（きれい）な声に夢の世界に押し出された俺は微睡（まどろ）みに身を任せた。

その直後……なにやら布団がもぞもぞ動いたような気がしたが……多分気のせいだと思う。

◇

どうも、こんにちは。

三上陽菜（ひな）です。さっそくですがまずいことになりました。

ちょっと桐島さんのベッドに潜り込んで、ちょっと添い寝したら抜け出すつもりだったのですが……捕まって逃げられなくなってしまいました。ちなみにそれはちょっとの範疇（はんちゅう）に収まらないのではという正論は受け付けません。助けてください。

「んっ……」

完全に抱き枕状態です。そんなにきつくはないのですが、抜け出そうとすると腕が締まるので中々抜け出せません。

しかも、ここは桐島さんのベッド。つまりアウェーなわけです。抱き締められている
だけでもかなりやばいのに、桐島さんのベッドと布団。もはや全身桐島さんに包まれて
いると言っても過言ではありません。
息を吸う度に桐島さんの匂いを感じて、ふにゃふにゃと身体から力が抜けていくのが
分かります。これは深呼吸不可避です。吸って吸って吸いましょう。
あ、なんかもうこのままでもいいかなと思い始めてきました。桐島さんの腕に抱かれ
て、桐島さんの匂いに包まれて……もうここが私の家です。これからここに帰ってきて、
おかえりと言って迎えてもらうことにします。
(いや、むりむりむり、むりです？)
いや、やっぱ無理です。
心臓がもちません。今もうるさいほどに跳ねています。ドキドキしてしまっておかし
くなりそうです。
このままでは死人が出ます。
命があるうちに脱出しなければ、熱と緊張で干からびてしまいそうです。桐島さんを
殺人犯にしないためになんとかして逃げなければいけません。
「んぅ……力、強いですね……」
桐島さんの胸を押して、閉じた腕をこじ開けようとしてみてもビクともしません。桐
島さんは細身な方だと思っていましたが、思ったより力強いです。

胸板も男性らしい厚さがあり、腕も見た目以上に筋肉質……ってそんな分析をしている暇はありません。この幸せ空間に囚われすぎると逃げなければという意思が削がれていきます。

迷い込んだら最後……というやつですか。桐島さん……とても狡猾ですね。

さて、清々しい程の責任転嫁もそこそこにしておいて……どうすればいいのでしょうか。

正直、このまま眠りに落ちてしまえるのならそれが一番楽なのですが……少し早いお昼寝も済ませてしまっているので、目が冴えすぎていて眠れそうもありません。

むしろ、目を閉じてしまうと抱きしめられている感覚や体温や匂いなどが強く感じられてまずいです。劇薬です。合法なのが怖いです。

「え、あぅ」

そんな弱々しい抵抗を続けていると、桐島さんの腕に為す術なく引き寄せられてしまいました。完全密着です。

何やら寝言のようなものを小さく呟いていますが、それどころではありません。

そんな力いっぱい抱きしめられたら……私、頭が溶けてダメになってしまいます。普段からそのくらい積極的だったらいいのに……なんて。

でも、今はちょっと……完全に不意打ちなので心の準備が……。

もう一度だけ。誰か助けてください。

なんだかとてもいい夢を見ていた気がする。

どんな夢かは思い出せないが、いい夢だったと漠然(ばくぜん)と感じられるということは、きっとそれなりに幸せな夢だったのだろう。

◆

時間は……二時か。

思ったより早く起きたな。

三上さんは俺が風邪(かぜ)かなにか病気で熱を出したと勘違いしているみたいだが……残念ながら至って健康だ。つまりこれはちょうどいい感じの昼寝みたいなものだ。

まぁ、客人が来ているのに睡眠を享受(きょうじゅ)するのはいかがなものかと思うが、三上さんは俺の倍以上寝たのだから気にしなくてもいいだろう。

「三上さんは……いないか」

看病するといったものの付きっきりというわけにはいかないか。そもそも看病されるほど体調悪くないし。昼寝がいい感じの休憩とクールダウンになったからかむしろ体調はいい方だ。

三上さんが用意してくれたのだろう、机に置いてあるスポーツドリンクのペットボトルを手に取り、喉を潤(うるお)す。

こういうところも病人仕様なのはさすがだなと感心する。

「……お、起きたんですか？」

「おう、おかげさまで」

そこに三上さんが戻ってきた。

濡らしたタオルを持ってきてくれたみたいだが……なんか声が上擦ってる気がする。

「なんか声変じゃない？」

「んぇっ？　や、そんなことありませんよ」

「そうか？　それにしてはなんか顔も赤いような気がするが……」

「え、えっと……桐島さんの風邪がうつってしまったのかもしれませんね」

なんか色々と様子がおかしい三上さん。顔も赤いし、声も変。心配して見つめると目を逸らされる。あちこち目が泳いでて挙動不審だ。

それに……俺の風邪がうつったとはいったいどういうことだろうか。確かにあの瞬間すごく体温が高かったのは事実だが、風邪ではないはず。

「……風邪？」

「……はい、これは間違いなく桐島さんからもらってしまった風邪です」

「……ほんとに？」

「そうですよ？」

疑いの眼差しを三上さんに送っていると、どんどん挙動がおかしくなる。今まさに言い訳をしていますと白状している動きをしながら言われてもどうすればいいのか分からん。

「とりあえず熱でも測るか？」

「あっ、そのっ……お、お構いなくー!!」

俺からもらったというのは甚だ疑問だが、もし風邪が本当だったらいけないので、ひとまず熱でも測ってもらおうかと思ったら……三上さんは慌てて俺の部屋から出ていってしまった。

その後なんかバタバタ騒音や悲鳴が聞こえ、静まった頃に「お邪魔しました。桐島さんもお大事に！」と遠くから聞こえた。

玄関から音も聞こえたし、どうやら帰ったみたいだ。随分と元気いっぱいな病人だこと。

「さて……ん？」

二度寝でもするかと思い、布団を持ち上げた時、ふと鼻先をくすぐったい匂いには既視感があった。

俺のじゃない。でも知っているいい香り。

それだけじゃない。捲りあげた布団の中に落ちている、どう見ても俺のものではない、少し長めの髪の毛。

「三上さん……やりやがったな。いや、なんかやったのは俺の方、か……？」

状況証拠と帰り際の慌てた様子。そして、漠然とだがよかったと思える夢。
すべてが繋（つな）がった瞬間だった。

幕間　三上さんは惑わされる

「はぁ……」

小さく漏らしたため息が浴室で反響して大きく聞こえます。

桐島さんのお家から逃げ帰った日の夜。こうして湯船に浸かってリラックスするはずが、私の頭の中は今日の出来事がグルグルと回っていて、思い出すだけで身体が熱くなって、くらっとして、のぼせそうになってしまいます。

興味本位で添い寝を試みた結果まさかあんなことになってしまうとは……。

捕まえられて、逃げられなくて……でも、そんな男女の力の差を感じさせられる抱擁は心地よくて……。

私より背が高くて、手足もスラッと長くて、抱き込まれるとすっぽりと覆われてしまって……そんな風に抱き枕にされた私の心臓は、あれからずっとドキドキしてうるさいままです。

「でも……すごかったです」

元々、添い寝をしようと桐島さんの布団に侵入を試みたのは私なので、当然嫌という気持ちはありませんでした。

捕まって抱き枕にされたのが想定外だっただけで……ぎゅっとされるのは悪くないと

いうか、むしろいいというか。

ただ、あまりにも想定外の事態だったので、心の準備がまるでできてなくて、とにかく頭が溶かされそうで、溺(おぼ)れてしまいそうで……本当に危なかったんです。

だから、つい逃げ出してしまいましたが仕方のないことだと思います。

そう言い聞かせながら、私は湯船に顔を半分沈めて、行き場のない気持ちを溢れさせるようにブクブクと息を吐きます。

「桐島さん……」

次に会う時、どんな顔をすればいいのか……。

こんなにも私の心を惑わして、乱して……桐島さんはずるい人です……。

第7話 桐島くんは翻弄される

三上(みかみ)さんが慌てて帰ったのが土曜日の出来事。

おそらく俺のあずかり知らぬところで何かがあったのだろう。むしろあの状況証拠からして何もなかった方がおかしい。

三上さんが何かをしでかしたのは容易に想像がつくが、最後に見せたあの反応はそれだけじゃない気がする。下手くそな嘘(うそ)もかわいいものだったが……あれほど取り乱すのは初めてのはずだ。やはり俺が何かしてしまったと考えるのが妥当(だとう)……か。

嘘だとは思うが風邪(かぜ)だと言い張っていたので一応心配して連絡をしてみたが、三上さんからは「お構いなく」としか返ってこなかった。

そして、昨日……日曜日。

久しぶりといってしまうのもなんか変な気がするが、珍しく三上さんと過ごさなかった。

まあ、三上さんにもプライベートな時間も必要だろうし、そもそも招く約束もしていないからな。勝手に来ると思い込んで、待っていたのは俺の落ち度だ。

俺から風邪がうつったというのは違うはずだが、もしかしたら体調が悪いのは本当なのかもしれないと思い、要らぬ世話と感じつつも一応連絡を入れた。

案の定というか、なんというか、「お構いなく」としかメッセージは返ってこなかった。

この場にいないというのに、俺の頭の中は三上さんのことでいっぱいだった。


そんなわけで、今日。月曜日。

学校に行かなければならないのだが、妙にやる気が出ない。

相変わらず三上さんは来ていない。

まあ、これが普通だ。朝からチャイムを鳴らして、女の子を家に上げ、コーヒーを飲ませて、一緒に登校することに慣れつつある俺にとっては違和感があるが……本来ならこれがあるべき平日の朝の姿だった。

三上さんと出会う状態の前に戻っただけだというのに気分が乗らないのは、やはり三上さんと過ごす時間を当たり前の日常と感じつつあったからだろう。

朝だってそれなりに楽しみだったのかもしれない。チャイムが鳴り、彼女が押しかけてくるのを待っていた。三上さんの襲来にカスタマイズされた前より早めの起床時間も、とっくに身体に馴染んでいる。

「……コーヒー、冷めちまったな。俺が飲むか」

つい癖で入れてしまった三上さんの分のコーヒーが冷めていく。このまま置いておいても片付かないので、俺はそのコーヒーも一気に飲み干した。

ホットコーヒーというには温くて、いつもより苦くて、寂しい味がした。


少し早めに家を出て、学校に向かうことにした俺は、エレベーターの前でため息を吐いた。

やっぱりなんかしてるんだろうな。尋ねた方がいいのだろうか。

そうやって、また三上さんのことを考えていたら、上から降りてきたエレベーターが止まって、扉が開いた。

「あ……」

そこには三上さんがいた。

俺と目が合った三上さんは……なんだか気まずそうにしている。

「乗らないんですか?」

「……乗る」

「そうですか。おはようございます」

「ああ……おはよう」

ここで閉めるボタンを連打されようものなら傷心のあまりサボタージュまっしぐらだったが、ジト目の三上さんはエレベーターに乗り込まない俺を怪訝そうに見て待ってくれている。

　エレベーターに乗り込んで少しギクシャクしながら挨拶を交わす。

　空気は重たいはずなのに、三上さんの顔を見られただけで、少しだけ気が楽になった。

　一階に到着して、エレベーターを降り、エントランスに出る。

　そのまま外に出て、ゆっくりと歩く。挨拶以降言葉はないが、不思議と居心地は悪くない。三上さんも何も言ってこないが、俺の隣を歩きながらこちらをチラチラと見て、何かを言いたそうにしていた。

「あー、その……風邪は治ったか？」

「……聞かないんですか？　桐島さん、私が嘘をついて帰ったって分かっていますよね？」

　言い淀んでいたのでこちらから話を振ってみた。

　一応、風邪をうつしたという設定になっているので、それに沿って心配する声をかけてみる。しかし、三上さんはその設定を自ら破棄しようとしていた。

「まあ、知ってるけど。俺、風邪ひいてないし。ひいてない風邪をうつしようがないからな」

「では……あの熱はなんだったんですか？」

　なるほど、そう来るか。答え合わせをするには俺も正直に白状するしかないのだろうか。

どのみち、三上さんが何をしていたのかは八割方予想がついている。それについて深く言及するつもりはなかったが、なんか話してくれそうな雰囲気だ。

それなら……俺も恥をかいておいた方が後々楽になるか。

「あー、笑うなよ？」

「……はい、笑いません」

「あれはな……三上さんがいちいちかわいいから、ずっとドキドキして、ずっと意識しちゃって、恥ずかしくて熱くなってた……です」

「……ふぇ？　え、えっ……」

あー、改めて白状するのめっちゃはずい。

前ほどじゃないけどまた顔が赤くなっているのが鏡を見なくても分かる。でも……俺の隣に、俺より真っ赤になってる人がいる。

ゆでだこみたいになってる三上さん、かわいいかよ。

「あの、その……」

「無理に反応しなくていいよ。急にこんなこと言って悪い。気持ち悪かったか？」

「いえ、それだけは絶対にありません。むしろ……桐島さんにそう言ってもらえるのはとても嬉しいです」

「……さいで」

「そうです」

後先考えずに口走ってしまったが、事態が悪化しなくてよかったと心底思う。

うっすらと頬を染める三上さんは嫌がってなさそうだし、とりあえず嫌われてなさそうでよかった。

「で……？　三上さんは何をしでかしたのか話してくれるのか？」

「……しでかしたとは失礼ですね。私は桐島さんが眠った後にちょっと布団に潜り込んで、ちょっと添い寝しただけです」

「……ちょっと？」

「ちょっとです」

しれっと言うけどまあ驚きはそんなにない。ただ、それはちょっとで括るにはきついんじゃないかとは思う。

「あまり驚かれないんですね？」

「まあ……なんとなく察したしな。ちなみになんで？」

「そこに桐島さんのベッドと布団があり、桐島さんが寝ていたからです。ちょっとした興味本位です」

おい。そんな、そこに山があったからみたいなノリで言うなよ。

三上さんみたいな美少女が興味本位で男のベッドに潜りこんじゃいけません。

「本当だったら少しだけ潜って、すぐに出るつもりだったんです。でも、その……桐島さんに捕まってしまって……抱き枕にされてしまいました……」

「あ、あー……」

「桐島さんが起きる少し前には解放してもらえたのですが、色々と限界でキャパオーバーしてしまい、逃げ帰ってしまいました」

「あれはそういうことだったのか」

「ちなみに昨日と今日の朝に行けなかったのは、思い出すと恥ずかしすぎて、どんな顔をして会えばいいのか分からなかったからです」

「……腑に落ちたよ。つまり……俺と一緒だったたってことか」

「一緒にしないでください。私の方が桐島さんの五百倍くらい恥ずかしい思いをしました。これは責任を取ってもらわなければいけません」

なんたる暴論。三上さんが俺のベッドに忍び込んできたのは完全に自爆じゃねーか。

でも、このむちゃくちゃな感じ……三上さんらしいな。

「どうすりゃいいんだよ？」

「今日の放課後は伺いますので、いっぱいもてなしてもらいますからね」

「そうか……そりゃ楽しみだ」

俺達は顔を見合わせて笑った。

雨降って地固まる……というわけじゃないが、とりあえず三上さんに嫌われたわけじゃないのはとても安心した。

ただ……それとは別に、もう少し詳しく話を聞いて、三上さんに女の子たる自覚をもってもらわないといけない。改めてそう強く感じた通学路だった。

三上さんと仲直りもしたところで、いよいよ中間テストが目と鼻の先まで近付いている。

正直心配はない。まだ授業も始まったばかりでそれほどテスト範囲も広くないし、普段から授業をしっかり受けている。放課後はいつも俺の家で三上さんと一緒に勉強をしていて、彼女の分かりやすい教え方で苦手もどんどん潰れてきているので特に問題はないと思っている。

テストが近付いてくると教師もそれっぽいことを言うので聞き逃さないようにしている。ここ大事だぞとか、ちゃんと覚えておけよ、などのいかにもテストに出ますみたいな匂わせをしっかり読み取るのも必要なことだ。

そんな教師の一言一句に神経をとがらせて少し疲れた昼休み。憂鬱を加速させる雨音がポツポツと響き出した。

（まじか……外で食えないのかよ）

俺のベストスポットは校舎の外。どうしたもんか……。雨が降ること自体は分かっていたが……予報ではもう少し後だったはずなのが少し早まったみたいだな。

窓の外を眺めて呆然としていると、マナーモードにしてポケットにしまっていたスマホが震えた。

通知だ。メッセージが届いている。

『今日はどこでご飯を食べますか？』

三上さんからのメッセージだ。今まさに悩んでいるところだ……。もうこの際だし諦めて教室で早食いして、残り時間はテスト勉強で乗り切ろうかと思っていたところだが……三上さんには何かいい案があるのだろうか？

『なんかいい案ある？』

『人がなるべく来ないところがいいんですよね？』

『そうだな』

三上さんも自身のカーストを意識してくれるようになったのか……少し感動した。

これで人目の多い場所で堂々と食べる提案をされていたら即刻却下していたが、俺の意向も汲むというのを覚えてくれたのか……。

『では、体育館のところの女子トイレでどうでしょうか？』

は？

『ありがとうございます。では、そちらで落ち合いましょう』

待て待て待て待て。色々とおかしいし間違ってる。

あと、まだ返信してないのに勝手に同意を得たことにするんじゃない。

『待て。俺を犯罪者にするつもりか？　まだ退学したくないんだが？』

『バレなければいいのでは？　それに、体育館のトイレってめったに利用者いませんよ？』

だとしてもだよ！

今から飯食うって時になんで第一候補がトイレなんだよ。便所飯はぼっち飯の最終手段だけど、複数人でやるもんじゃないから。

それより問題なのは、しれっと女子トイレに連れ込もうとするな。

『まあ、冗談ですので安心してください』

そうだよな？

さすがに女子トイレは冗談だよな？

『では、屋上に続く階段の踊り場はどうですか？　あそこなら死角にもなりますし、人も来ないはずです』

『採用』

『では、そちらで』

（くそ……いいように弄ばれてる気がする……）

次に来たのはとてもまともな提案だった。

その案があるのにわざと冗談で脅かしてくるとは、本当にいい性格をしている。メッセージのやり取りなので顔は見えないが、なんだかしたり顔の三上さんが容易に想像できた。

まあ、からかわれてしまったことはいったん忘れよう。

そこで落ち合う約束をして、俺は飯を持って席を立った。


「よう」

「どうも、天気に嫌われてしまいましたね」

「最悪だよ」

階段を上ると三上さんが先に待っていた。軽く手を振って彼女の隣に腰を下ろす。

なんだかんだこれまで天気には恵まれていたからな。

晴れや曇りが続いていたおかげでベストスポットで飯を食えていたが、雨の日だと困ってしまうと雨天に直面してようやく気付いた。

「それにしても……よくこんな場所知ってたな」

「雨の日になったらいつもの場所で食べられないなと前々から思ってましたので、暇なときに校内探索をしてました。ここも発見した候補の一つです」

「候補の一つって……じゃあ女子トイレがどうとかってやつは俺のことをからかってたのか？」

「……まあ、半分くらいは。ですが一応有力候補でしたよ？」

「なんでだよ。真っ先に候補から外せよ」

「人が来なくて、鍵までかけられるんですよ？　人目を避けたい桐島さんにとってはかなり重要視される項目をクリアしていると思いませんか？」

うーん。なんかすごいメリットを説明されてる。

確かにそれだけ聞くととても魅力的に聞こえるけどさ。

トイレじゃん。トイレで飯は食えないって。あと万が一バレた時のリスクが高すぎる。

「仮にそうだとしても個室で二人は狭いだろ。トイレで飯を食うならせめてぼっち飯の時だ」

「……詰めればいけますよ。今度試してみましょう」

「嫌だけど？　なんでそんなトイレで飯食おうとするの？　絶対メリットよりデメリットの方がでかいって」

「まあ、そうですね。衛生的な問題もありますし今回は諦めます。ですが、気が変わったら教えてください」

「先に言っておくけど気が変わることはないと思う。今回だけじゃなくて金輪際諦めてくれ」

「……残念です」

色々とおかしい。雨天時を想定して場所を見つけてくれていたことには感謝してるけど、どうしてこう変なチョイスを交えてくるのか。

「……ちなみに他の候補って？」

「体育館倉庫と家庭科準備室、机や椅子がたくさん置いてある空き教室、あとは……意表をついて駐輪場とかですかね」

それだけ候補があってなぜ女子トイレが有力候補なのか……不思議で仕方ない。

でも、言われてみれば確かにと思う場所はある。雨だから校外の選択肢を除外していたが、駐輪場みたいに雨を凌げる場所なら使えそうだ。今度探してみるか。

「ここも思ったより静かでいいですね。階段の段差に腰掛けられるので、今度は雨用に下に敷くものを持ってきますね」

「確かに直で座るのは女の子だと抵抗あるか。悪い、そこまで気が回らなかった」

「お構いなく。提案したのは私ですし、そこまで気にしてません。桐島さんと一緒に食べられるなら、場所なんてどこでもいいんです」

「……さいで」

なんかめっちゃ恥ずかしいこと言われた気がした。

でも、ちょっと前にもっと恥ずかしい思いをしたからか、なんとか悶えるのを抑えることができた。まったく……油断も隙もない。

でも、もしかしたらまた顔が赤くなっているかもしれないから……俺は三上さんから顔を背けて静かにパンを齧った。

いつもとは違う昼休みを終えて、迎えた後半戦。雨音は次第にうるさくなり、それに伴って声を掻き消される教師が負けじと声量を上げる。

唐突だが、俺は雨が嫌いだ。

ジメジメして気分が落ち込むし、気圧の変化の影響で頭痛がする時もある。体調不良が雨が降ることを知らせてくれるなんてこともざらだ。

今日だってそうだ。三上さんのいない朝に気分が落ち込んだのもそうだが、なんとなくそれだけじゃない気がして天気予報を見てみたら案の定だったというわけだ。

窓の外を見る。勢いよく地面を打ち付ける雨水が激しさを増した。

この勢いで降り乱れるのは今だけだろうが、落ち着いた頃でも十分降っているだろう。下校時にはマシになっていることを祈るばかりだ。

（っ……。少し頭が痛いな）

視線を黒板に向けると、頭に鈍い痛みが走った。

やはり、雨は嫌いだ。雨が奏でる不協和音に包まれて、俺は仏頂面を貫いていた。

後半戦の授業を終え、ホームルームを終え、生徒達は帰り支度を始めている。

ホームルームの終わり際に担任教師が口にした、テスト前だし雨に濡れて風邪引くなよという言葉で周りが少し騒がしい。

「やべー、傘忘れた」

「お前バカだから濡れても風邪引かねーだろ」

「なんだと⁉　そこまでバカじゃねーよ」

そんなやり取りに笑いが起こる中、俺はそそくさと教室を後にして宛もなく彷徨う。

今昇降口に向かっても雨のせいで少しだけ混雑してる気がしたので、いつものようにどこかで時間を潰したいが……どうしたものか。

いつもの場所で傘をさして待つのも考えたが、雨の中外で時間を潰すのは気が向かない。

屋内であまり人が来ない場所……今なら図書室とかか。図書室は飲食禁止だから昼休みは寄り付かない場所だったが、本も読めるしちょっと時間を潰すにはありな気がするな。

そういうわけで図書室に足を運んだ。

まあ、当然と言えば当然だが、図書室は全生徒が利用できる場所だ。テストが迫っているため、資料室兼勉強場所として使う上級生がまばらに見られる。

俺は学習机が並ぶ一角を静かに通り過ぎ、本棚が並ぶエリアへと足を踏み入れる。書店などに赴(おもむ)いた際にも感じるが、この紙の本の独特な匂いは意外と嫌いじゃない。

適当な本を取り、ページをペラペラと捲(めく)り、棚に戻す。読書ではない、ただの暇潰し。意味のない時間だ。

時折、気になるページ、気になる文章、気になるコラムなどがあれば熟読はするが、一冊を最初から最後までしっかり読み込むということはせずに惰性(だせい)の時間を過ごしていく。

そうやって時間を潰していると、マナーモードにしたままだったスマホが震えた。

『今どちらですか？　まさか置いて帰ったりしてないですよね？』

『図書室にいる。そっちは？』

『昇降口です』

『混んでる？』

『もう落ち着いてますよ。待ってますね』

『はいよ』

もうこういったやり取りが発生することにも疑問は持たなくなっていた。

高嶺の花と一緒に下校という一大イベントが恒常イベントになりつつあるのに慣れてしまうのは、どう考えても贅沢すぎると我ながら思う。

「お待たせ。先帰っててもよかったんだぞ？」

「行き先は同じじゃないですか。それに、私はまだ桐島さんの家の合鍵をもらってません。先に帰っても入れないので困ってしまいます」

「……さいで」

「そうです」

ナチュラルに俺の家を帰る場所として設定されている件についてももう触れないでおこう。あと、まだってなんだ。まだって。いつか合鍵を渡すみたいな言い方するな。

まあ……あげてもいいかなと若干思ってるけど、三上さん何しでかすか分からんからなぁ……。ちょっとだけ躊躇してしまうというのが本音だ。

　そんな複雑な心境で上履きを履き替え、空を見上げる。

「思ったより弱くならなかったな……。帰るころには落ち着いていると思ってたんだが」

「雨が止むのを待ってたんですか？　そういえば桐島さん……朝会った時傘を持ってませんでしたね。濡れて帰るのはいけないので……よければ入って行きますか？」

　そう言って三上さんは折り畳み傘を開いて俺を見つめる。

　キラキラした眼差しで、早く入ってと訴えている。まあ、この際恥ずかしげもなく相合傘をしようとしていることは置いておいて、純粋に気持ちは嬉しい。だが、俺だって朝に天気予報を見た。だから折り畳み傘くらい持ってきている。

「お気遣いどうも。でも、ちゃんと持ってきてるよ」

「……そうですか」

　俺も同じように傘を開く。

　すると三上さんは開いた傘を閉じ始め、いそいそと鞄の中にしまった。

「……うっかり傘を忘れてきてしまったみたいです。申し訳ありませんが入れてもらえますか？」

「いやいやいや」

「……どうかしましたか？」

三上さん？

ついさっき傘を開いてましたよね？

俺の目の前で片づけておいて、それはちょっと無理があるんじゃないですかね？

「傘、今出してたじゃん」

「なんのことでしょうか？　桐島さんの見間違いでは？」

「え、いや……」

「見間違いでは？」

「…………」

「見間違いです。はい、せーの」

「見間違いでした」

「よろしい」

なんだこの茶番は。完全に言わされたんだが？

俺の認識を無理やり捻じ曲げてご満悦の三上さんが俺の傘に入る。

やはり折り畳み傘に二人はきついか。校門を出るころには俺も三上さんも肩が濡れてしまっていた。

「濡れると今度こそ風邪ひくぞ。自分の傘使えよ」

「お構いなく」

「……じゃあ、せめて濡れないようにしてくれ」

三上さんの肩が濡れないように、三上さん側に傘を動かす。

だが、俺の傘を持つ手に三上さんの手が重なり、動かすのを押し留めた。

「それでは桐島さんが濡れてしまうじゃないですか」

「そう思うなら自分の傘を……」

「それはお構いなく。その代わり……こうしましょう」

「うおっ？　ちょ、三上さん……？」

「お構いなく」

「む、胸……当たってるって」

「お構いなく」

ぴったりと身体を寄せて、腕を絡めてくる。

いきなりのことにびっくりして変な声が出てしまった。

非常に柔らかいものが腕に押し当てられているのでやんわりと伝えてみるも、お得意の返事だ。いや、三上さんは構えよ。もっと恥じらえ。そういうことしちゃダメでしょ。

軽率。無防備。どうしてこの子はこう……羞恥心のスイッチが謎なんだ。

「これなら濡れないですねっ」

至近距離から繰り出された眩しい微笑みに一瞬雨が止んだような錯覚をしてしまった。

くそ、三上さんにはしてやられてばっかだな……。

これも全部雨のせいだ。これだから雨は嫌いなんだ。

「おい、あんまりくっつくな。歩きにくいだろ」

「お構いなく」

「俺が構うの！」

「私は構わないので……どうぞお構いなく」

「でも……三上さんと過ごす雨の日は、新鮮で、いつもより刺激的で、心が落ち込まないから……少し、ほんの少しだけ、悪くないと思った。


「明日から中間テストだな。正直自信はあるが……三上さんは？」

「私もです。桐島さんの家の合鍵がかかっているので負けられません」

「……それは俺も負けられないな」

三上さんと過ごす放課後。

俺の家で菓子をつまみながらゆったりと勉強をする。中間テストを翌日に控えてなおいつも通りの時間を過ごしているのは、これ以上詰め込むことがないからだ。

テスト勉強に励むと決めてから俺達は順調に勉強をすることができただろう。まあ、多少不慮の事故みたいなものはあったが、長く引き摺ることはなかったので問題ない。

お互いに人事は尽くした。あとは本番で結果を出すだけなのだが……しれっと三上さんが勝った時に要求しようとしていることが明らかになり少し怖気づいた。

そうか……三上さんは勝ったら俺の家の合鍵を持っていくつもりなのか……。

一人暮らしだし、俺に何かあった時のために信頼できる人に預けるのは別に構わないんだが……三上さん、平気で深夜とか忍び込んできそうだからな。それを阻止するには……俺も負けられない。

「ちなみに桐島さんが勝ったら、私に何をさせるつもりなんですか？」

「まだ決めてない。俺は勝つことよりも負けないことを意識してるからな。なんなら引き分けでもいいと思っている」

「弱気ですね」

「うっせ。負けなきゃなんでもいいんだよ」

極論、三上さんが勝たなければ、俺が勝つ必要はない。

だから、勝った時のことはあまり考えてなかったが……三上さんもそういう賭けでモチベが上がると言っていたな。今更ながら勝ったら何を言おうか考えてみるか。

あんまり変なこと言ってひかれるのも嫌だし、三上さんが謎な子なのでどこまでが許容でどこからがアウトなのかが測りかねるからな……。

もし、勝てたら無難にクッキーでも焼いてもらおうか。三上さんのエプロン姿は……何度見ても眼福だしな。

「勝った時のやつ……決めたよ」

「そうですか。ちなみに聞いても？」

「……言ったら考え直せって言われそうだから言わない」

「えー、気になります。教えてくださいよ。今すぐに訂正させます」

俺にとっての最適解。俺が望んだこと。

ただし、三上さんが納得いかなかった場合、願いを捻じ曲げられる可能性がある。この前の相合傘の一件でよく学んだよ。

三上さんと関わることになったあの一件の些細なお礼ですら三上さんの強い意志によって捻じ曲げられているのだ。俺に対しての遠慮がどんどんなくなっている今、三上さんはお得意の強制力を働かせて俺の願いを破壊するに違いない。

あれ、おかしいな。負けた人は勝った方の言うことを聞くという勝負だったはずなのに、どうして俺は勝ったうえで願いを聞いてもらえない想定をしているのだろう……。

まあ、いいや。結果が出てから考えることにしよう。

「しかし、三日間にかけてやるのか。ちょっと面倒だな」

「そうですか？　テスト期間はテストが終わったらそのまま帰れるのでたくさん時間を確保できるじゃないですか？　私は嬉しいですよ？」

「まあ、それも騒がしくなりそうな一因ではあるが……こういうイベント的なものの陽キャのノリがキツい」

「具体的には？」

「テスト勉強全然してないわーって大声で予防線張ったり、全然寝てなくて体調悪いとか予防線張ったり……どのクラスにも二人くらいはいそうなもんだが……」

「あ、あぁー。確かにいそうですね」

そういう予防線を張ってるやつが意外と高得点を取って、真面目に勉強したのに思うように結果が振るわなかった者を煽るという偏見が俺の中にある。結論、陽キャは滅びるべし。

「ちなみにテスト期間中はどうするんだ？」

「どう、とは？」

「いつもより終わり時間早いだろ？　予定とかあるのか？」

「特にはないですかね。帰宅して、ご飯を作って、桐島さんと一緒に食べて、あとは次の日の勉強でもしようかと思います」

「あ、こっち来るのね」

「当然です」

三日間に分けてテストを行うため、ほぼ午後は空いているようなものだ。

普段の放課後とは少し勝手が違うため、三上さんがどう動くつもりなのか念のため聞いてみたが、案の定変わりはなさそうだ。

俺の家に来るのを当然と言って胸を張るのもどうかと思うが……別にいいか。

「桐島さんは何か予定があるのですか？　もしあるのなら付き合いますよ？」

「別に用事とかがあるわけじゃないが……せっかくだし三日目が終わった後にどこか遊びに行かないか……とは思ってる」

「行きます。二泊三日です！」

「二泊三日ではありません」

こう、テストの後に遊びに行くという学生らしいこともたまにはいいのではないかと思ってしまった。自分でもらしくないことを言った自覚はあるが、三上さんは即答で行くと言ってくれた。

二泊三日でどこに行くつもりなのかは聞かないでおこう。

「でもまあ、打ち上げっぽいことでもするか」

「楽しみですね。俄然頑張れそうです」

えー、じゃあやっぱなしにしようかな。

三上さんに頑張られると合鍵を持っていかれてしまうので困るんだが……。

でも、一度言ってしまったことだ。

見るからにやる気に満ち溢れている三上さんにやっぱ無理と言うのは難しそうだ。お得意の認識の捻じ曲げで、言ったことを言ってないことにされそうな気がする。

「えへへ、打ち上げデートと合鍵……。桐島さん、絶対負けませんからねっ！」

「……お手柔らかに頼むよ」

「嫌です、無理です、不可能ですっ」

とてもリズミカルに拒否されてしまった。

どうやら三上さんの頭の中では既に勝利時の光景が映し出されているみたいだ。

満面の笑みで勝利宣言を受け俺は……不要に三上さんを焚きつけてしまったことに苦笑いを浮かべる。

その笑顔に目を焼かれて、負けてもいいかも……なんて思ってしまったのは、きっと気のせいに違いない。

幕間　三上さんは合鍵が欲しい

いよいよ明日にテストを控えて、勝負の時が近付いてきたなと実感します。

勝負というのは成績についての意味もありますが、私としては桐島さんの持ちかけたテストの合計点数での対決の意味合いの方が大きいです。

敗者は勝者の言うことを一つ聞く。そういう条件なので、なんとしてでも勝利したいです。

勝利した暁には桐島さんのお家の合鍵が欲しいと思っていましたが、そんな願望がぽろっと、ついうっかり口から飛び出てしまいました。

私の勝利時の要求が明かされたことで、桐島さんがどんな反応をするのか気がかりでしたが、思いのほか淡泊というか、拒否も反発もなく、受け入れてくれているような……。

合鍵はかなりプライベートにも踏み込むものなので、桐島さんが本気で嫌がるようでしたら無理強いはしないつもりでしたが、これはもしかしなくてもチャンスです。

この機会、絶対に逃せませんね。

テストの後には打ち上げデートも待っていますし、俄然頑張れそうです。

これまで勉強してきた成果を発揮して、なんとしてでも桐島さんのお家の合鍵をもぎ取ってみせますよ……！
あと少しだけ待っててくださいね。私の合鍵……！

第8話

テストと打ち上げ

テスト初日。俺達の朝の風景は何も変わらない。

いつも通りに起き、いつも通りに飯を食ってると、いつも通りに三上(みかみ)さんがやってくる。

しかし……三上さん、やる気に満ち溢れているな。いつにも増して美少女オーラに磨(みが)きがかかっているのが唯一のいつも通りではない点だろうか。

三上さんはテストの点で俺に勝つことで俺の家の合鍵を手に入れることになっている。

俺としては負けられない戦いだったのだが……今はそうでもないのかもしれない。

でも、勝てば三上さんに対する命令権を得られる。敢(あ)えてそういう言葉に言い換えると少し背徳的で……確かにやる気が出るなと思った。

「桐島(きりしま)さんは落ち着いてますすね」

「そうか？　まぁ、あれだけ勉強したしな。テストを作った教師がよほど意地悪問題を詰め込んでない限りは高得点だと思うが……」

「そうですね。先生方も満点ばかり取られてはたまったもんじゃないですからね。難問も用意されているでしょう」

詳しくは知らないが、テストを作る側も難しいと聞く。高得点続出で平均点が高くなりすぎるのもよくないし、かといって激ムズ問題ばかりで平均点を下げすぎるのもよくない。

三上さんの言ったように、正解させないための問題が混ぜこまれてるはずだ。

まぁ、その辺はどれだけ予想しても予想にしかならないので、実際に問題に当たってみなければどうにもならないが……きっと俺も三上さんも自信はあるのだろう。

「桐島さんが少しでも焦って、夜遅くまで詰め込んだりしてくれてたら勝率が高まりそうでしたが……」

「一夜漬けか……。いざとなったら使うが、これだけ余裕もって勉強してたら必要ないだろ」

「それもそうですね」

「それに、そういう一夜漬けとか徹夜とか予防線張りまくるのは陽キャの専売特許だから俺には関係ないね」

「……陽キャに何か恨みでもあるんですか？」

「ない。強いて言うなら高校デビューに失敗した逆恨みだ」

体調管理もできずに高校デビューに失敗し、陰キャから陽キャに成り代わることができなかった俺のすがすがしいやつあたりだ。だからそんな冷たい目で見ないでくれ。

「……まあ、私としては桐島さんが高校デビューに失敗してくれてよかったですが」

「なんか言ったか？」

「いえ、お構いなく」

三上さんの表情が和らいで、何かを呟いたような気がしたがよく聞き取れなかった。

まあ、それはいいや。冷ややかなジト目は心にくるものがあるので、それがなくなっただけで助かった。テスト前に倒されるところだったよ……。

「よし、頑張るか」

「応援はしますが……負けませんからね」

軽く片付けをして、出る準備をすると三上さんも立ち上がる。

ほわほわとした優しい雰囲気が、ピリッとした臨戦態勢のようなものに変わる。

三上さんの合鍵にかける想いが尋常じゃないと感じ取った朝だった。


「それまで！　はいペンを置いてください。答案を回収し終わるまで動かないでください。はいそこもう書こうとしない、粘らない」

シャーペンが紙の上を走る音がピタリと止まる。

中間テスト最終日、最後の関門は英語のテストだった。

三上さんと放課後や休日に勉強をしていたおかげでそれなりの手ごたえを感じられた。

時間にも余裕があったし、十分に見直しすることもできたから、よほど覚え違いなどをしていなければ問題ないだろう。

答案が回収され、監督教師がいなくなると、教室は騒がしさを取り戻した。

テストが終わったということは、私語厳禁からも解放されている。間の小休憩とは違い、正真正銘終了なので、解放感が満ち溢れてくる。

ま、会話する相手がいない俺にはあまり関係のない話だ。

今しがた終わったテストの解答があっているか友達と確認したり、これからどこかに遊びに行くか話したり、そういったのはない。

だが……俺のこの後の時間はとっくに予約済みなのである。


学校を出て、歩きながらテストにおける所感を言い合う。

「お疲れ様でした。どうでしたか？」

「まあ、ぼちぼちだな」

「昨日も一昨日(おととい)も同じことを言ってましたね。ちなみに私は手応えばっちりです！」

「三上さんのそれも昨日、一昨日と一緒だな」

やはりというかなんというか……テストについて語ることはないな。

三上さんも初日からずっと手応えしか感じていない。テスト返却が楽しみであると同時に少し怖くもある。

「それで、この後はどうするんですか？」

「三上さんはどこか行きたいところあるか？」

「二泊三日で京都とかどうですか？」

「……行きません」

まあ、明日は土曜日だし、理論上は可能かもしれないが、高校一年生が一学期中間テストを乗り切った打ち上げとしてはいかがなものかと思う。

そういうプチ旅行的なのは夏休みなどの大型休暇でやるもんだろ。あと、二泊三日はもう断ってるんだから諦めなさい。

「でしたら……勉強ばかりで少し窮屈だったので、思いっきり身体を動かして遊びたいです」

よかった。二泊三日を求めてごねだしたら置いて帰るところだったが、今度はまともな提案をしてきてくれた。また、逆ドア・イン・ザ・フェイスで吊り上がっていったらどうしようかと思ったぞ。

そして、三上さんの口ぶりからして、どこに行きたいのかは分かったつもりだ。

確かにそこなら身体も動かせて、色々遊べて、食い物もあって、学割などもあって学生の味方でもある。

「運動ってことは……一回帰って動きやすい服に着替えるか？」

「いえ、その時間も惜しいですし、テストだけで荷物も多くないのでこのまま行きましょう。ふふ、制服デートですね」

学校から家に帰る時間すら惜しいとは……それほど打ち上げを楽しみにしていたのか。

まあ、運動といっても部活動のように本格的じゃあるまいし、制服のままでも問題はない。

しかし……制服デートか。俺と遊ぶことを当たり前のようにデートと称してくれるとはな。気恥ずかしいが……そう思ってもらえるのは素直に嬉しい……と思う。

「じゃあ行くか」

「はい。いっぱい遊びましょう」

そう言って微笑む三上さんの笑顔に少し見惚れてしまった。

これがデートなのだと意識してしまったからか顔が熱いが……三上さんにバレるとまた大変なことになるので、照り付ける日差しのせいということにしておこう。


駅まで歩き、バスに乗って移動をし、俺達は某アミューズメント施設にやってきた。

三上さんは少し、いや結構興奮している。全部回って遊び倒すと息巻いているが……半日で全部は厳しいと思うぞ。

あと、早く遊びたいのは分かったから、しれっと手を握って引っ張るのは止めていただきたい。恥ずかしいよ。自分で歩けるって。

「桐島さん、まずはこれをやりましょう！」

そう言って返事も聞かずに連れ込まれたのは、ピッチングのコーナーだった。

一から九番の的にボールを投げて当てるストラックアウトというやつか。

いきなり激しいな。

お遊びとはいえ身体を動かすことになるから、怪我をしないように軽く準備運動をする。

そうしていると三上さんは早速始めるみたいで、ボールを持って肩をグルグル回している。

「意外と遠いですね。ですが、これくらいなら届きそうです。えいっ」

第一投。かわいらしい掛け声と共に投じられたボールは少し山なりになりながらも真っすぐと飛んでいき……ど真ん中、五番に当たった。

「当たりました！　見てくれましたか！」

俺の目の前に来て跳びはねながらはしゃぐ三上さん。

あの……準備運動でしゃがんだりしてるので、スカートでぴょんぴょんするの止めて……。

「次は桐島さんの番ですよっ」

「うお、一発で当てられるとハードル上がるな……」

「パーフェクト目指しましょう。あ、私変化球見たいです！　スライダーお願いします」

「うん、無理」

流れるような無茶ぶり。一般人はそんなほいほい投げる球を曲げられません。

「曲げるのは難しいんですね。では……フォークで」

「うん、無理」

落とすのはもっと無理なんだが？

フォークボールって投げるのにすごい握力必要らしいし、そんなに曲げるのが無理なら……みたいな感じで言われても困るよ。

「じゃあ、桐島さんの球種は何があるんですか？」

「スローボールだけだよ」

「……残念です」

野球部でもなんでもない俺に球種を求めるなよ。

そもそも真っすぐ投げられるかどうかも怪しいのに。

なんかすごい残念そうにされると俺が悪いことしているような気持ちになる。

せめてパーフェクトを切らないようにはするから許してくれ。

「よし、当てるだけなら……こんなもんかな」

三上さんが先に投げてくれたので、どんな軌道を描けば的に届くかは大体把握できた。

カッコいいところを見せたいならズバッとストレートで的を撃ち抜くのが一番だが、俺にはできそうもないから、よく狙って緩（ゆる）ーく放物線を描く球を放る。

少し弱かったからか思ったより下に行ったが、ギリギリ五番の下の八番に当たってくれたのでホッとしている。

「なんとか繋いだか。三上さん、あと任せた」

「任されました！　見ててください！」

そう言って三上さんは自信満々に投げ続けた。

その後の球が一切当たらずに、パーフェクトを取るまでやり続けようとした三上さんを宥めるのは少し大変だった。


ピッチングコーナーを出て、その流れでバッティングもやることになった。

三上さんと一緒にバットを持ち打席に入って、飛んでくる球を叩く。

遠くの方にはここに当てたら景品獲得というホームランの的があり、三上さんはそこに当てて軽快な音楽を鳴らすために必死にバットを振っているが……制服姿の女の子がバットを構える姿は中々いいな。

「綺麗に前に飛ばすにはどうすればいいんでしょう……って、桐島さん、振ってますか？」

「ああ、悪い。バットを振るのを忘れていた」

「もうっ、ちゃんとホームラン打ってくださいっ」

「いや、それは無理」

三上さんを眺めるのに忙しくて、打席で棒立ち状態。ボールをただただ見逃し続けていた。

そろそろ振らないと怒られそうなので、前を向いてバットを構える。

飛んでくる球に合わせてバットを振る。なんとか当たりはするが、鈍い音と共にボテボテ転がった。

三上さんの方からは割と快音というか、ちゃんと芯で捉えている音が聞こえてくる。さすがの運動神経に感心する。

それでも、狙ったところに飛ばすことはできないのか、ホームランの的に当てることができずに終了してしまう。

「うー、悔しいです。もう一回やれば当てられる気がします。もう一回だけいいですか？」

そう言って三上さんは再度打席に立ったので、俺は外に出て応援することにした。

横から見るのもいいが、後ろから見るのもいいな。

二巡目ともなれば、三上さんも慣れてきたのか空振りはほとんどしない。だが――。

「あうぅ、またダメでした。もう一回いいですか？」

「次で最後な」

「次で絶対ホームラン打ちます。見ててください！」

やはり打った球で小さい的を捉えるのは難しいのか、二巡目も終了してしまう。

諦めきれない三上さんは再度挑戦したいようだ。恐る恐るといった様子で尋ねてくるが、三上さんが楽しんでいるようならそれでいい。俺も見ているだけで楽しいし……眼福だ。

そうして、三上さんがホームランに執着してかれこれ十数分。

次で最後と言ったのは最後にならず、結局その後も五回ほど再挑戦をした。

ホームランを打つまでやり続けようとする三上さんを宥めるのは大変だった（二回目）。

その後、ピッチングとバッティングの無念に呻く三上さんをよしよししながら引きずって、フードコートに向かった。

まだまだ運動するだろうし、あんまり食べすぎたら戻してしまいそうなので俺は軽く済まそうと思う。

三上さんは……うーん、分からん。とりあえずほっぺを膨らませていてふぐみたいでかわいい。指でつんつんしたい。

「おい、いつまで不貞腐れてるんだよ」

「だって……あともうちょっとで……」

「……まあ、確かにすごかったよ。最後の方なんかほとんどセンター返しだったもんな」

三上さんのあともうちょっとは嘘ではなかった。でも、そのあともうちょっとが届かなかったのも事実。

これ以上ムキになると止めるタイミングを見失うと思い、無理やり終わらせたが……

そんなにホームランを決めたかったのか。多分景品もちっちゃいお菓子とか飲み物だぞ。

「三上さんって完璧主義？　意外とそういう成績とか結果とか拘るタイプなのか？」

「そういうわけではありませんが……せっかくなので桐島さんにいいところ見せたいじゃないですか」

もじもじと胸の前で人差し指をこねながら三上さんは恥ずかしそうに呟く。

まさかそんなことを考えて何度も再チャレンジしてたのか。そのいじらしい仕草と上目遣いと、諦めきれない理由がかわいすぎて、息が止まりそうになる。

反則だろ。あまりにもかわいいが過ぎるので少しキャパオーバーして固まってしまった。

「桐島さん？」

「あ、いや……うん。俺も三上さんのいいところ見たい……です」

「いっぱい頑張ります！」

一瞬戸惑ってとんでもなく恥ずかしいことを言ってしまった気がする。でも、三上さんのムスッとした顔が笑顔に変わったので良しとしよう。

「そういえば……桐島さんはさっきも見てるばかりでしたが、退屈じゃないですか？」

「三上さんが楽しんでるのを見てるだけで俺も楽しいよ。それにまだまだこれからだろ？　あんまりとばしすぎるとバテちゃうからな。ペース配分してるんだよ」

「なるほど……」

「最後まで三上さんと一緒に楽しみたいからな。三上さんも無理せず、疲れたらちゃんと休憩しろよ？」

三上さんが何度も再チャレンジする中、確かに俺は見ているのが多かった。

それはスタミナ的な不安があるからだ。三上さんと同じペースで身体を動かし続けられる自信はない。

むしろ、あんなに連続で遊べる三上さんに感心しているくらいだが……まぁ、三上さんはたくさん遊べるし、俺も楽しそうにしている三上さんを眺めて眼福だし、ついでに休憩もできるからウィンウィンだ。

きっと三上さんに最後まで振り回されるだろうから、温存できる時にしておこうと思う。

「食べたら次は何をしようか？」

「定番のボウリングもしたいですし、カラオケも行きたいですし、卓球やビリヤードも捨てがたいです」

「……やりたいことがいっぱいだな」

「全部満足いくまで遊び倒すのには時間がいくらあっても足りませんね。やっぱり二泊三日にしませんか？」

「しない。諦めろ」

「……残念です」

どこに泊まるつもりだ。仮に二泊三日を認めたとしても、明日以降の俺は使い物にならんぞ。筋肉痛待ったなしで、動ける未来が見えない。

だから、今日一日思いっきり遊んで、土日はゆっくり休むくらいでちょうどいいんだ。

「うーん、二人で遊ぶテニスや卓球などにすれば強制的に桐島さんを召喚できますね」

「……別に一人でやっててもいいぞ？」

「一緒に楽しんでくれるとさっき言いましたよね？」

「……はい、言いました」

いや、言ったけどさ。

そんな俺を強制的に参加させるために対戦系の種目に絞るのはやめてもらおうか。

程よくサボって、三上さんが楽しく遊んでいる姿を眺める休憩時間を俺に与えてくれ。

「食べ終わったら卓球をして、テニスをして、バスケをしましょう」

「一応聞くけど何するの？　サーブ練習？」

「対戦に決まってます」

見事に対戦形式の球技で固められてしまった。

まあ、仕方ないか。

「勝負ですからねっ。負けた方は罰ゲームです」

「えー、やだ」

「聞こえません」

好きだね。賭けとか罰ゲームとか。

三上さんの罰ゲームは想像もつかないから拒否したいけど、案の定拒否されてしまう。三上さん、こうやって強引に成立させてくるからな……。

「ちなみに罰ゲームって？」

「罰ゲームは罰ゲームです。勝ったら考えましょう」

「……負けなきゃいいだけか」

内容が不明なのが怖いが、三上さんへの罰ゲームは少し興味がある。

どれも自信がない球技だが、体格とか男の俺の方が勝ってる部分もあるし、ちょっと頑張ってみようか。

でも、その前に。

「そういや三上さんは何か食べなくていいのか？」

「……後で買うと言って忘れてましたね」

ふぐみたいにむすっとなってて、食べ物の購入は後回しになっていた。

俺は先に買って食ってるところだが……。

「桐島さんのポテト、おいしそうですね。分けてください」

なるほど。買うのは諦めたか。

食べ進めていて少し多かったかもしれないと後悔していたからむしろ助かるが……これはどうするのが正解だ？

三上さんのことだから……こうするのが正解か。

少し考えて、俺はポテトを何本か摘んで、三上さんに差し出した。

「え？　食べさせてくれるんですか？」

「……やっぱ今のなし」

三上さんの驚いたような反応で、それが彼女にとっても想定外なものだと分かる。

どうせ丸ごと渡しても、前みたいに食べさせるように要求してくると思ったから、先んじてこうしたが……どうやら自意識過剰だったみたいだ。恥ずかしい。

「待ってください」

恥ずかしさのあまり引っ込めようとした手を、三上さんががっちりと摑み、ポテトを食べ始めた。

うさぎに餌をあげてるみたいでかわいいな、おい。

でもさ……指ごといこうとするのはやめてくんね？

結局、何度か俺の指は三上さんの口に含まれることになった。

箸などの食器を使わずに食べさせていたので、ある程度は仕方ないのだが……。

(正直……めっちゃゾクゾクした)

なんかこう……すごく背徳的だった。

三上さんの唇が触れた指を見ないふりしながら、次のスポットへと向かう。

卓球、テニス、バスケ。この三つの球技で競い、負けた方が罰ゲームを受ける。勝敗の判定は各種目ではなく合計で、つまりこのうちの二つ勝てば三上さんに罰ゲームを与えることができるわけだ。

正直どれもあまり自信はないが……勝ちを拾いにいくなら卓球とバスケかな。

俺が罰ゲームを受けるのは嫌だが、三上さんに罰ゲームを受けさせるのには興味がある。悪いが勝たせてもらおう。

……そんな甘いことを思っていた時期が俺にもありました。

「なん……だと……⁉」

「桐島さん、罰ゲームが確定してしまいましたね」

テニスコートのベンチで息を切らす俺の隣で勝ち誇るように胸を張る三上さんの得意げな顔が眩しい。

卓球、テニスとストレートで負けて、最終勝負のバスケを待たずして俺の敗北、ひいては罰ゲーム執行が確定してしまった。

「いや……なにこれ？　三上さん、卓球もテニスも実は経験者？」

「卓球は中学の体育授業でやったくらいで、テニスもほぼ初心者みたいなものです」

「とてもそうは見えなかったぞ、おい……」

卓球は経験者みたいな回転のかかったサーブをしてくるし、なんとか返しても少し浮いた球で返ると強打……スマッシュされてしまう。

テニスは……なんか分からんが、とにかくすごかった。一応ラリーは続けられたが、三上さんの運動量についていけず、左右に振られてあえなく敗北を喫した。

そう考えると特別なことは何もない。純粋に押し負けたといった感じだ。

「ピッチング、バッティングで分かっていたが……三上さん、スポーツも万能なんだな」

「万能というわけではありませんよ。ただ、桐島さんへの罰ゲームがかかっている時の私はいつもより強いです」

「……嫌なパワーアップだな」

とはいえ、負けたのは事実。三上さんがどれだけやれるのか確認を怠って、お互い初心者だから力や体格で勝る自分の方が有利だと舐めていたのは完全に俺の落ち度だ。

それに、制服姿で遊び倒しているのは同じ条件だ。どちらかが動きやすいとかはないだろうし、むしろスカートであれだけ動いている三上さんの方が大変だと思う。

「……で、罰ゲームはなんだよ？」

「いったん保留ですね。今してほしいことは特には……あっ」

「……何？　変なこと閃いたみたいで怖いんだけど」

「いえ、お構いなく。そういうのではないので安心してください」

「さいで」

「そうです」

今なら心も決まってるから多少無茶ぶりでもなんとかするつもりだが、保留か……。忘れた頃にとんでもない罰ゲームが降り注ぐのがいちばん怖いな。頼む、どうかそのまま罰ゲームの存在を記憶から抹消してくれ。

「さて、次はバスケ対決ですね」

「俺の負けが決まったのにまだやるんだ」

「当然です。桐島さんに完勝して与える罰ゲームはさぞ気持ちがいいでしょう。それに……」

「それに？」

「う、あの……かっこいいところを見せて、桐島さんにいっぱい褒めてもらいたいので」

「……かわいいかよ」

「かわっ……⁉」

相変わらず張り切る理由がかわいすぎる。あと、かわいいと言うと照れて赤面するので、なんか三上さんの弱点が分かってきたかもしれないな。

それはさておき、もう十分いいところを見せてもらっている。むしろ、いいとこしか見当たらないまであるだろ。

これ以上かっこよくてかわいいところを見せられたら……俺はどうなってしまうのだろう？

あまりの眩しさに失明か？

「とりあえず、卓球とテニスの分……いっぱい褒めてください」

「え、ああ……ほんとすごかったよ。めちゃくちゃかっこよかった」

「えへ……じゃなくて、それだけですか？」

「え、まだなんかある？」

「言葉で褒められるのも嬉しいですが、形にもしてほしいです。具体的には……こうです」

「あ、おい……」

そう言って三上さんは俺の手を取り、自らの手で誘導して……置いた。三上さんの頭に。

そして、目を細めて、置かれた手に頭を擦り付けるように動かす仕草はまるで猫みたいだ。

しばらくそうやっていたが、やがて頬を膨らませて、俺の手の方を動かし始めた。

「むぅ、どうしてよしよししてくれないんですか？」

「あの……これ、褒めるの範疇超えてない？　大丈夫？」

「問題ありません。ど真ん中です」

「……まあ、三上さんがいいならいいけど」

三上さんたってのお褒めの要望だ。

女の子の頭を撫でるのは緊張して手が震えたが、三上さんが拒まなかったので多分悪くはないのだろう。

でも、手を離そうとするとあと五分、あと十分、あと一時間と粘られ、最終的にはあと七十二時間という逆ドア・イン・ザ・フェイスをされてしまった。

そんな三上さんを宥めるのは少し大変だった（三回目）。

その後、バスケ用のハーフコートに向かい、俺達は1 on 1を行った。

結果は……まぁ、分かるだろ？

俺の負けだよ。


さすがの三上さんも疲れたのか、休憩スペースでジュースを飲んだあとは、わりかし大人しめに遊ぶようになった。

カラオケ、ダーツ、ビリヤード、クレーンゲームなどでゆったりと遊び、そろそろいい時間になってきた頃。

「そろそろ帰るか」

「うぅ……あと八時間……あと二十四時間……」

「長いし、無理だろ。三上さん、へろへろじゃん」

「そんなことありません」

「じゃあ……俺の腕から手離せる？」

「どうしてそんな意地悪を言うんですか？　私を見捨てるんですか？」

「そこまでは言ってない」

まだバス移動などもあるため、そろそろ出ようかと提案するも、三上さんはまだ遊び足りないといった様子だ。

ギリギリまで粘ろうと逆ドアを仕掛けてくるあたり感心するが、肝心の身体はすっかり遊び疲れてしまったのか限界そうだった。

生まれたての子鹿のようにプルプルと震える足はおぼつかなく、俺の腕にしがみついてなんとか歩行を成立させている三上さん。

そんなかわいらしい姿を見て俺はむしろ安心したね。

あれだけ激しく運動して、まったくのノーダメージでピンピンしてたら逆に同じ人間かどうか疑っていた。

だが、案の定そんな超人っぷりは無事発揮せず、一般的な女子高生らしい反動で三上さんはダウン寸前だ。

でも、見捨てるとか人聞きの悪いこと言わないでくれ。涙目と上目遣いのコンボは俺に刺さる。かわいい。

「でも、そんなんじゃ何もできないだろ？」

「くっ……罰ゲームを賭けた勝負の無理が祟りました……」

「アレ、そういうパワーアップの仕様なんだ」

一定条件下での能力向上、ただし反動アリということか。

まぁ、アレが素のスペックだったらヤバいよ。今からでも絶対運動部に入った方がいい。

「どうする？」

「致し方ありませんね……今日のところは一時撤退です」

「……一応言っておくけど二泊三日じゃないから明日は来ないからね」

「……残念です」

名残惜しそうではあるが、なんとか帰宅の意思を固めてくれた三上さん。そのはずなのに、若干の抵抗をされるが、今の貧弱な三上さんの弱々しい抵抗などあってなきに等しい。

「あっ」「うぅ」という小さな呻きに心を痛める前に、俺は三上さんを連れて撤収した。

バスに乗り込んで揺られること数分、三上さんはウトウトし始めた。

「三上さん？」

「うー、起きてますよ」

「着く前に起こすから寝てもいいぞ？」

「では……お言葉に甘えて……」

次第に声が小さくなり、瞼が落ちていった。

その直後、バスが曲がるのに合わせて、三上さんは俺の肩にもたれるように倒れてくる。

物理的な距離が縮まったことで、すぅすぅと規則的な寝息が僅かに聞こえる。

（まったく……気持ちよさそうにしやがって）

いっぱい遊んで、遊び疲れて、すやすや寝る。まるで子供みたいだ。

俺も疲れたには疲れたが、寝落ちするほどではない。帰りのことを考えてのことではないが、二人してダウンするなんてことになったら目も当てられないので、体力温存に努めたのは正解だったのかもしれない。

（温かいな……）

そんな俺へのご褒美として、肩に寄り添う温もりを感じることくらい……許されてもいいはず、だよな？

◆

ゆらゆらと心地よい揺れでうっすらと目を開けると、そこはバスの中ではなく、少しだけ高い視界に、桐島さんに背負われていることに気付きました。

「え……？」

「お、起きた？」

「これは一体……？」

頭がふわふわして思考がまとまりません。

でも……とても温かくて、安心する背中です。

「何度か起こしたんだけど起きなかったからこうさせてもらった。勝手に悪いな。あと、ちょっと汗臭いかもしれないのは勘弁してくれ」

そういえば……バスの中で寝落ちして、起きなかったということは桐島さんに迷惑を……。

すんすんすん。汗臭くはないですね。むしろ……癖になるいい匂いです。

「あの……そんな嗅がれると恥ずかしいんだが？」

「お構いなく」

「構うよ。運動した後だし」

「本当にお構いなく」

「……まぁ、勝手におんぶしたの俺だしいいや。起きたなら降ろすが……歩けるか？」

「嫌です……じゃなくて無理です」

「即答？　しかも拒否かよ」

せっかく桐島さんにおんぶしてもらっているんです。意地でも降りません。全力でしがみついてみせます。

「あの……三上さん？」

「なんですか？」

「そんながっちりホールドされると苦しいんですが」

「お構いなく」

「……せめてもうちょっと密着しすぎないように体勢変えてもらったりとかは……？」

「お構いなく」

「……む、胸……」

「お構いなく」

「……」

「お構いなく」

桐島さんは紳士な方です。

こうして私をおんぶしているのにも少しだけ罪悪感というか、仕方なかったとはいえ私の許可なくこういうことをして申し訳ないと思っているのでしょう。

ですが……私は嫌じゃありません。そういうことをされて嫌な人とは一緒に遊びに行きませんし、心も許しませんし、こういう軽率（けいそつ）なこともしません。

桐島さんだから……お構いなく、なんです。

ですから……もう少し、勘違いしてくれてもいいのに、なんて。

◇

結局、マンションまで三上さんを送り届けることになってしまった。

まぁ、俺の家もそこだし、エレベーターに乗る時間が延びるだけだから別に構わないが。

「降ろすぞ」

「お構いなく」

「どうするの？　俺の背中で一生暮らすか？」

「名案ですね」

「迷案だよ。冗談は程々にして降りてくれ」

別に三上さんが重いとかはこれっぽっちも思ってないけど、一応俺も遊び疲れてるから、人一人を背負ったままというのも結構きつい。

むしろ、ここまで三上さんを連れ帰ったことを考慮すると、本当に温存に努めてよかった。

俺も三上さんと同じくらいはしゃいで疲れ切っていたら、最悪二人して寝落ちとかして、帰って来られなかったかもしれない。

あれこれ言って俺の背中にしがみつく三上さんを降ろして、不貞腐れた彼女に向き直る。

「んじゃ、今日はありがとう。楽しかった」

「私も楽しかったです」

「そか、それはよかった」

「はい、では……また明日」

「おう、またな」

そう言って別れを告げ、エレベーターに乗る。

扉越しに手を振る三上さんに手を振り返して、エレベーターが降下し始めてふと思う。

え、また明日って言った？

幕間　デビュー失敗の導き

桐島さんは時折陽キャへの当たりが強くなる時があります。

高校デビューに失敗して、陽キャになりきれなかったことに対するぼっち陰キャのやつあたりや逆恨みだと口にしていますが……実際のところどうなのでしょうか？

確かに桐島さんは一人を好んでいるので、ひとりぼっちには当てはまるかもしれません。でも、桐島さんと過ごしていて、彼を陰キャと思ったことは一度もありません。

陰キャというのは一般的には陰気な性格や暗い雰囲気で、コミュニケーション能力がない人のことなので桐島さんは当てはまらないと思います。

なので、ぼっち陰キャは半分自称であるというのが私の認識ですが、高校デビューに失敗したというのはどうやら本当なんですよね。

高校生活の始まりを体調不良で棒に振ってしまったのは気の毒だと思いますし、高校デビューを成功させたいと思っていた桐島さんにとっては不幸そのものだったでしょう。

ですが……私は桐島さんがデビュー失敗してくれてよかったと思っています。

桐島さんが教室を抜け出す理由が生まれたから……私はあの日、救ってもらえました。

今では当たり前のように待ち合わせ場所として使っている桐島さんのベストスポット。

その場所に桐島さんを導いてくれたのは、他でもない高校デビュー失敗です。

桐島さんにとっては苦い思い出かもしれないので、あまり大きな声では言えませんが……私としては本当に幸運でした。

それだけじゃありませんよ。

初めの頃こそ私のせいで少しだけ悪目立ちしてしまった桐島さんですが、今となっては落ち着いてすっかり空気……らしいです。

それはいいことなのかと問いたくなりましたが、桐島さんが「ぼっちを満喫している」と誇らしげだったので深くは聞きません。

ですが、桐島さんが目立たずに学校生活を送っているおかげで、私は桐島さんとの時間を独占できます。

交友関係が広いと、一人一人に時間を割くことになりますが、なんと桐島さんにその心配はありません。

あ……別に友達を作ってほしくないというわけではありませんよ？

私が一番なのが嬉しいんです。

まあ、目立ちたくないという桐島さんの意向で、学校であまりお話しできないのは残念ですが、その分朝や放課後、休日などで取り返せるので今はまだそっとしておいてあげましょう。

今は……まだ。

第9話 三上さんは甘えたい

翌日。土曜日の朝。

少し痛む身体(からだ)で目を覚ましたが、運動疲れでぐっすりと寝たので意外といい睡眠だったかもしれない。

部活などもしていないため、体育の授業を除(のぞ)くと久しぶりの大運動だった。そのため、筋肉痛に襲われるかと思ったが、前日のケアが効いているのか思ったより酷(ひど)くはならなかったな。

布団を出て軽く伸びをする。多少痛むが、問題なく動けるな。

スポーツ系の動画投稿者の動画を見て、ストレッチを真似(まね)て、少しぬるめの風呂にいつもより長く入っただけでもだいぶ違う。

何もせずに寝落ちしていたらきっと今頃全身バキバキだっただろうな。

「んー、三上(みかみ)さんは……大丈夫かな？」

身体の調子を確かめたところで目も覚め、ふと頭に浮かんできたのは三上さんのことだ。

昨日の時点で既に反動ダメージが現れていた彼女は果たして無事でいられるのだろうか。

また明日という言葉を去り際に投げかけられたが、果たしてその真意とはいかに……なんて考えたところで仕方ないか。

どのみち今日は完全休養日だ。外出はせず、だらだら過ごして、肉体回復を図ろうと思う。

三上さんが来るなら迎えてあげればいいし、来ないなら来ないでも構わない。

まぁ……本音を言うなら、来てくれたら嬉しいが。三上さんもきっと疲れてるだろう無理強いはしない。

「……九時か。結構寝たな」

着替えながら時計を見るともうそんな時間だった。

やはり目覚ましをかけずに好きなだけ寝られる休日は最高だ。

それと同時に、普段三上さんが来る時間はとっくに過ぎてもいる。チャイムが鳴ればさすがに起きるし、スマホの方に通知なども来ていない。

そう思った時、電話の着信音がスマホから流れ始めた。

表示された名前は三上陽菜。チャットではなく電話を寄越してくるなんて珍しいなと思いつつ出る。

「もしもし？」

『たす……けて……』

「は？　おい……切れた……っ？」

電話に出て聞こえてきたのは、三上さんの苦しそうな声。

たった一言だけ発して電話は切れてしまったが、だらだらモードに入っていた俺の背中に緊張感が走る。

慌てて部屋を飛び出し、三上さんに電話をかけ直しながら、玄関に向かう。

正直、助けての一言では何が最適解なのか分からない。分からないから、とりあえず三上さんの家に向かってみようと思い、靴の踵(かかと)を潰(つぶ)したまま扉を開け外に出た。

そこには——三上さんが倒れてぴくぴくと震えていた。

「し、死んでる……？」

「……殺さないでください」

「うおっ……生きてる……」

「あの……助けてください」


「いたたたたたっ」

「おい、暴れるな。あんまり足上げるとパンツ見えるぞ」

「好きなだけ見ていいのでもっと優しく……あいたたた。ちょ、まって……死んじゃいます」

「死にません。あとそういうこと軽率に言わないの」

騒ぎ立てる三上さんの足を持って、俺は一体何をしているのか。

そう、今三上さんの足を伸ばしているところだ。

三上さんから送られた救援要請。それは三上さんが俺の家に来る途中で両足をつって動けなくなったことによるものだった。

何とか這って俺の家の前まで来たものの、チャイムを押すために立ち上がることもできず、三上さんは俺に電話して助けを求めたらしい。

そんな三上さんをとりあえず回収して、今はつった足を伸ばしているところだが、痛みによる抵抗が激しい。

三上さんをソファに仰向けで転がして、足や太ももを押さえて伸ばす役目を引き受けているが……色々と刺激が強い。

許可は得ている……というか三上さんに懇願されてやっているとはいえ、女の子の素足や太ももを触るのは緊張する。

なるべく肌の感触を感じないようにソフトに触れたいところだが、強く押さえて伸ばす必要があるためそうもいかない。

手に吸い付く柔らかい感触に喉が渇きそうになる。

それだけじゃなく、三上さんがちょいちょい艶のある声を出すので、ものすごくいかがわしい行為をしているような気分になってしまう。

（変なことを考えるな。これは施術……）

煩悩を振り払って、三上さんの抵抗に耐える。

あんまり抵抗が激しいとスカートの中が見えてしまいそうになるので、あまり暴れてほしくないのだが……三上さんはパンチラ覚悟で躊躇（ちゅうちょ）なく足を動かしてくる。

本当に心臓に悪い。


そんな彼女の両足をなんとかつっていない状態に治す。

その頃には俺も荒い息を吐いて疲れ切っていた。三上さんも顔は赤いし、息も荒いし、服もあちこち乱れて肩が見えているし……さては事後かな。

「はぁ……はぁ……すみません、助かりました」

「それはいいが……よくそんな状態で来ようと思ったな、おい」

「約束したので」

三上さんはぎこちない動きで身体を起こしお礼を言うが、昨日の『また明日』という言葉を守るために無理しすぎなのではなかろうか。

たまたま三上さんがすぐ発見できる所まで這ってくれてたからよかったが、助けての一言だとどこに居るかも分からない。

「まあ……三上さんが来てくれたのは嬉しいけどさ、無理はするなよ」

「五階から三階に来るだけなら余裕だと思ったのですが……ご迷惑おかけしてすみませ

ん」

「別に迷惑だなんて思ってない。でも、あんな風に倒れられるくらいなら、迎えに呼んでくれた方が俺も安心だな」

「次からはそうします。またおんぶで運搬(うんぱん)お願いします」

「え、それはやだ」

「そうですか。ありがとうございます」

「聞いてる？」

「あ、お姫様抱っこでもいいですよ。むしろその方が好ましいです」

聞いてないな。

付き添いはしても、運搬するつもりはないのだが……まあ、いいや。よくないけど。

「ところで、今日はどうするんだ？」

「あいにく私はまともに歩くこともままなりません。今日は……桐島(きりしま)さんにお世話してもらおうと思います」

「お世話？」

「はい、罰ゲーム執行です。今日一日、桐島さんは私の執事さんです」

「……一応聞くが、拒否権は？」

「もちろんありませんよ？」

「あっ、はい」

まあ、どうせこの状態の三上さんを放っておくこともできないだろうし、むしろ罰ゲームがこれで消化されるなら喜ばしい……が、お世話か……。

お世話って、どこまでがお世話に含まれるんだろうな……？

場合によっては、クソわがままなお姫様が爆誕するかもしれないな……。


ということで三上さんのお世話をすることになったのだが……俺はいったい何をさせられているのだろうか。

「あっ……んっ……」

「あの……三上さん？」

「あんっ……あっ、お……お構い……な、く……ぅん」

（いや、構うが⁉）

一応弁明しておくが、決していかがわしいことをしているわけではない。

これはマッサージ。ただのマッサージ……のはずなんだが、またしてもイケないことをしているような気分になる。

先程三上さんのつってしまった足を治す際に少々触れることになったが、その手際のよさとちょっと気持ちがよかったからという理由でマッサージすることを申しつけられた。

もちろん最初は断ったよ。

そもそもつった足を治すために触ったのですら緊急事態だったからなのに、どうして最大限の接触が要求されるマッサージをしてもらえると思ったのだろうか。

だが、案の定というべきか、断ることを断られたね。

執事さんが命令を断る権利はないとまで言われた。絶対これはお世話の範疇に留まらないと思うのだが、まあ……お嬢様の言うことは絶対、ということでマッサージしているところだ。

分かっていたことだが、今の三上さんは全身バキバキだ。

軽く指圧しただけで声が出てしまうみたいで、正直集中できない。

というか、マッサージなんてやったことないから、この適当な施術でちゃんと解せているのか甚だ疑問である。

「痛くない？　大丈夫？」

「あっ……とっても気持ち、いいです。次は、もっと下の方をお願いします」

「この辺？」

「もっと下でも……いいですよ？」

「そういうこと言わないの」

「あっ、あっ、あっ……そこっ……すごいっ」

腰の辺りまで手を動かして位置の確認をすると、三上さんはいたずらっぽく返事をした。

ここより下となったら……そこはもうお尻だ。男にマッサージさせてるだけでも危ないんだから、からかいでもそういうことを言っちゃいけません。

その軽口を咎めるために腰周辺をぐりぐりと強めに押していくと、三上さんは出してはいけない声を平気で上げる。

いや、無理だ。こんな声聞かされたら理性が持ちそうにない。

耳栓……どこにあったかな。

「はぁ……気持ちよかったですぅ……」

「……そりゃよかった」

耳栓を探し出して、なんとか三上さんへのマッサージを完遂した。いや、死ぬかと思った。

結局耳栓をしても三上さんのえろい喘ぎ声は完全にシャットはできなかったし、なんかやけに際どいところをマッサージさせようとしてくるしでもう……とにかく理性が揺さぶられた。

よく耐えた俺。今までの人生の中で一番自分を褒めてあげたいと思ったね。

これでちょっとはマシに動けるようになればいいのだが……まぁ、気持ちよさそうにしてくれたとはいえ、素人のマッサージだ。

そんな劇的な効果は見込めないだろう。

立ち上がろうとしてプルプル震えている三上さんに手を差し出す。

一瞬驚いたような表情を浮かべた三上さんは、嬉しそうに俺の手を取り、にぎにぎと握りながら立ち上がった。

「桐島さんの手は……温かくて、大きくて、触られてると気持ちよくなります」

「褒めてる？」

「褒めてます。ずっと触られていたいくらいでした」

「……そうは言ってもなぁ」

「恥ずかしいんですか？」

「……そりゃ、まぁ」

三上さんが気にしてない、というか俺に気を許してくれているからこうさせてくれているのは分かっているが、女慣れしていない俺にはハードルが高い。

今日はもうメンタルがヤバい。でも……今日一日、いつ似たような命令がとんでくるか分かったもんじゃないからな。

なるべく俺の理性を揺さぶらない優しいやつにしてほしいものだが……三上さんのことだ。きっと手心は加えてくれないだろう。なんなら加えた上でこのレベルかもしれない。

「どこに連れていけばいい？」

「そうですね……今更ですが、桐島さんの家の前に辿り着くまでに少し汚れてしまったので、綺麗にして着替えたいです」

「確かに少し汚れてるか」

せっかくの私服姿だが、俺の家の前まで這って来たからか少し汚れてしまっている。

もう少し気を利かせてあげるべきだったな。

「一回帰るか？　それなら送っていくが」

「何を言っているんですか？」

「え、でも……着替え……」

「下着はあるので、桐島さんの服を貸してください」

は？

下着があるってのも意味が分からないが、服を貸す……って俺の服を着るってことか。

なんか嫌な予感がする。とびっきりの……無茶ぶりの予感が。

「シャワーをお借りしてもいいですか？」

「……まあ、それは構わないが」

「ありがとうございます。ですが、私一人だとお風呂場で何かあったら大変なので……

桐島さん、手伝ってください」

「……嫌だ」

「ありがとうございます」

「嫌だ」

「ありがとうございます」

「嫌だ」

「……お風呂場で両足つって倒れて、頭を打って救急車を呼ぶことになりますよ。ダイイングメッセージに桐島さんは意地悪と書きますが……いいですか？」

「うわぁ……嫌な脅（おど）しだ」

「脅しとは失礼な……」

シャワーの補助とか絶対したくない。

でもこの脅し……100%ないとは言いきれないのが怖いところだ。

というかダイイングメッセージって……死ぬなよ。

くそ、どのみち三上さんは俺が首を縦に振るまで粘（ねば）るだろう。覚悟を決めるしかないのか。

「……はぁ、分かった。でも……一応目隠しはさせてもらうからな」

「私にですか？」

「俺がだよ！」

「……そうですか。残念です」

俺が見ないためにするんだよ。

三上さんが目隠しとか……どんな変態プレイだ、それ……。あと、残念ってなんだ。

マッサージの次はシャワーの補助か……。

確かに髪とかも少し汚れてたからさっぱり綺麗になりたい気持ちは分からなくもないが……俺を巻き込んでまでシャワーしたいのか。

マッサージしておいて今更だが……さすがに警戒心薄すぎないか？

常識的に考えて普通はありえないことなんだが……非常識の塊（かたまり）である三上さんに普通を当てはめようとするのはそろそろ諦めた方がいいのかもしれない。

「なんかすごく失礼なことを思われた気がします」

「……気のせいだろ」

「……それは追々追及することにしましょう。とりあえず着替えを用意したいので、あの収納棚まで連れていってください。抱っこで」

「なんで抱っこ指定……？」

「今歩いたら両足同時につる気がします。危ないです」

「なんでもありかよ……」

めちゃくちゃ理論だ。

でも、今の三上さんの状態を考えると完全に無視もできない。

99％嘘（うそ）だと分かっていても、残り1％で起こり得ると思うと、そのわがままも聞いてあげないといけない。

すごい甘やかしすぎな気もするけど……まぁいいだろ。

なんたって……今日の俺は執事さんだからな。

「はいはい、分かったよお嬢様」

「お嬢様という響き……素敵ですね。もっと言ってください」

「わがままばっか言ってると帰宅の刑に処すぞ、お嬢様」

「……這ってでも戻ってくるのでご安心を」

三上さんは躊躇なく身体を預けてくるので、背中と膝裏に腕を回してお姫様抱っこをする。

大した移動距離でもないのに、三上さんに歩かなくてもいい大義名分を与えてしまったな。

三上さんとの侵略デートでいつの間にか購入されていた収納棚。

その前で三上さんを降ろそうとする……がなぜか首に回された腕の力が強まる。

「おい」

「あと五分……いえ、二時間お願いします」

「長い」

「では……八時間でどうですか？」

「……なんでどんどん延びるんだ？」

三上さん、そんな必死にしがみ付いて腕をプルプルさせるなら、早く離して楽になれよ。

あと、三上さんほどじゃないけど、俺も一応昨日のダメージはある。女の子に重いとストレートに言うつもりはないけど、今の筋肉量だと……持って数分だ。とてもじゃないが何時間も継続して抱っこはしてあげられない。だから分かってくれ。

「こら、おしまいだ」

「むぅ、仕方ありませんね。あとでもう一回ですよ？」

「分かった分かった。とりあえず準備するなら早くしてくれ」

「ちなみにですが桐島さんは何色が好きですか？」

「色？　まあ……そうだな。落ち着いた色が好きだから青とか黒とかかな」

「分かりました。参考にします」

いきなり色を聞かれたのは何か裏があるのかと少し勘繰ったが、普通に答えてしまったな。

参考にするってなんだろう、と思っていたが、それはすぐに分かることになる。

収納棚の引き出しを開けて、両手に何かを持って振り返った三上さんを見て、俺は頭が真っ白になった。

「これとこれだったらどっちが好みですか？」

「……あの……三上さん？　何していらっしゃるんですか？」

「どっちの下着が好みか聞いてます」

「なんで堂々と見せつけてくるのかと聞いているんだが？」

「見ないと分からないじゃないですか？　ほら、目を逸らさないでちゃんと見てください。どっちですか？」

「どっちでもいいから早く仕舞ってくれ。あと引き出しも閉めろ」

今のやり取りだけでもキャパオーバーだ。

俺の知らぬ間に収納棚に三上さんの下着が敷き詰められてるのも、それを俺の前で平然と開けるだけでなく、手に取って見せつけてくるのも意味が分からなさすぎる。

なにこれ、どんな拷問？

三上さんは羞恥心をどこに置いてきちゃったのかな？

「あ、実際に着て見せた方がいいですか？」

「頼む……これ以上血迷わないでくれ……。死人が出る」

「ただの布に大袈裟ですね」

「……ただの布だと思うなら俺に意見を求めないでくれ」

「……では、また今度念入りに意見交換をしましょう」

「嫌だが？」

「ありがとうございます。楽しみにしてます」

なぜか俺の拒否は三上さんの中で同意したことになっている。

本当に意味が分からない。誰か助けてくれ。

三上さんの着替えやバスタオルやらをなんとか用意して、今の俺は目隠しした状態で三上さんの前に立っている。

着替えて先に入ってもらおうと思ったのだが、一人で着替えて転んだらどうするつもりだと駄々をこねられた。

いや、君俺の家に来る前にどうやって着替えたのよ。

とんでもないわがままお嬢様が爆誕してしまったもんだとため息を吐きながら、三上さんの補助を行う。

しゅるしゅると衣服がはだける音が耳を通り抜ける。視界を覆っているからか、聴覚が敏感になっていて、そういった音や三上さんの息遣いがやけに大きく聞こえる。

「あっ、つりそう……」

「……大丈夫か？」

「足を上げるとぴきっときますね……ちょっと掴まってもいいですか？」

一瞬、演技かもしれないと思ったが、聞こえてくる声色は確かに苦しそうだ。

三上さんは軽ーい脅しみたいに言っていたが、一人で着替えやシャワー中に倒れられても困る。正直、玄関前で倒れてる三上さんを見た時は血の気が引いた。

付き合ってもない男女がこういうシチュエーションになるのもいかがかと思うが、万が一に備えたら仕方がないのかもしれない。

「着替えたか？」

「全裸です！」

「全裸言うな。バスタオル巻いてくれ」

「桐島さんが目隠ししているので別にいいのでは？」

「なんかの拍子で取れたら大変だろ」

「……私は別に構いませんが」

構えよ。女の子だろ。

なんだってそう……俺の理性を攻撃するんだ。

「バスタオル巻きましたよ」

「じゃあ、行くか」

三上さんの手を引いて、風呂場に入る。

目隠しで見えていないが、自分の家の風呂だ。どこに何があるかは見なくとも分かる。

シャワーヘッドを取り、お湯を出す。

「このくらいの温度だ。問題ないか？」

「大丈夫です」

「じゃあ、かけるぞ」

三上さんに温度を確認してもらい、ゆっくりと頭にかけて馴染ませていく。

髪が十分に濡れてしっとりしてきたところで、シャンプーを探して手を伸ばした。

「今更だが……俺が使ってるやつでよかったのか？」

「はい。むしろ大歓迎です」

「……さいで」

「桐島さんの匂いです」

もはや何も言うまい。

俺はシャンプーをいつもより多めに出し、濡らして手の平で泡立てる。

十分に泡立ったところで、三上さんの頭を優しく揉み解していく。

「大丈夫か？　痛くないか？」

「とても気持ちいいです。桐島さんの指……好きです」

「なんか照れるな」

マッサージの時もそうだが、俺の手や指はそんなに繊細なタッチができているのだろうか。

誰かをマッサージするのも、誰かの頭を洗うのも、初めての経験だ。

だから自分ではよく分からないが……こうして喜んでもらえるのは、悪い気はしない。

「お嬢様、痒いところはございませんか？」

「そうですね……おへそのあたりと足首が少し……」

「あの……頭部で頼む」

「胸部？」

「あ！　た！　ま！」

お前はあれか。美容室で頭を洗ってもらってる時でも同じことが言えるのか？　今頑張って理性と戦ってるんだから、三上さんが率先して敗北に導こうとするのはマジで勘弁してくれ。

「あの……耳のところをもう少し」

「ここか？」

「あっ……ん……。そこっ……です」

耳の付け根辺りを指でなぞると三上さんの肩が少し跳ねた気がする。

何度も往復させるとそれが気のせいではないのだとすぐに分かった。

もしかして耳が弱いのだろうか。

ちょっとした仕返しでもう少し執拗にイジメてやってもいいのだが、あんまり跳ねさせてつられても困るからな。これ以上は止めておこう。

「じゃあ、流すぞ。目と口を閉じておけよ」

流した泡が目や口に入らないように一声かけて間を置いてから流し始める。

シャンプーした時間と同じくらいの時間をかけてゆっくりと丁寧に三上さんの髪を梳いていく。髪は女の命というが……それを任された以上、最後まできちんとやらなければ。

「よし、終わったぞ」

「ありがとうございます。では、次は身体の方をお願いします」

「……それはさすがに自分でやってくれ」

「やってくれないんですか？」

「当たり前だろ！　んじゃ、本当にヤバくなった時は大声で呼んでくれ」

限界をとっくに通り越していた俺は、これ以上は無理だと判断して撤退を選んだ。

後ろで三上さんが不満そうに文句を垂れているような気がしたが、何も聞こえなかったことにしようと思う。大丈夫、俺は悪くない。

むしろ、無茶ぶりに十分すぎるほど応えたのだから、褒められることはあっても、責められる謂れはないと……思いたい。


その後、何かと呼ぶ声が聞こえてきたが、緊急の救援要請ではなかったのでシカトした。

あの手この手で俺を再度お風呂場に召喚しようと躍起になっていた三上さん。残念だったな。俺のＭＰはとっくに空っぽだ。

そのままぐったりとしてぼーっとしていると、お風呂場の方で扉が開く音がした。

三上さんが上がったみたいだ。またしても俺をしきりに呼んでいるが、どうせトラップだ。目隠しをして赴く元気はない。

そうして目を瞑ってしばしの休息を堪能していると、三上さんの足音が近付いてくる。

「シャワーありがとうございました」

「おう」

「桐島さんに頭を洗ってもらうの……とても気持ちよかったです。週八でお願いします」

「いや、無理」

「そうですか。ありがとうございます。毎日の楽しみです」

「話聞いてた？」

「快い承諾、ありがとうございます」

ソファの後ろから声をかけられ、生返事をしていると、またしても返事を改変された。

俺、拒否してるよな。なぜそれが快い承諾に変換されているのだろう。

まあ……いいか。よくないけど。

「あ、服もありがとうございます。ちょっと大きいですが、ゆったりとしてて私は好きです」

「それはよかっ…………」

「どうしました？」

「一応確認だけど……下穿いてる？」

俺が普段着にしているのは結構ゆったりした服だ。そんな俺の服を三上さんが着たらそりゃ当然ぶかぶかだろう。

それは分かっているが……俺の目の前に現れたシャワー後の三上さんの姿は、まあ、一言で言うなら際どい。際どすぎる。

大きいぶかぶかなシャツの裾から覗く御御足に見とれそうになるが、問題なのは御御足しか覗いていないという点だろう。

俺が三上さんの着替えに用意したショートパンツをすべて隠せるほどシャツがダボついているのか。いや……いくら俺と三上さんで体型に差はあれど、さすがにそんなことにはならないはずだ。

「捲って確かめてもいいですよ」

「……絶対穿いてないじゃん」

「失礼な、下着は穿いてますすよ。お借りしたショートパンツは少し大きくて、歩くと脱げてしまうので諦めました」

「諦めるなよ。男の家だぞ……？　さすがに下着姿はまずいって……」

「シャツが大きくて隠れるので問題ありません」

問題大アリ。あまりにも無防備すぎる。

別にそれが自宅とか、最悪女友達しかいない場所なら百歩譲ってよしとしよう。

だが、俺だってぴちぴちの男子高校生だ。思春期真っ盛りの男を前にしてよくもまあそんな暴挙を敢行したたな。

確かにただ立っているだけなら隠れているかもしれない。

でも、ちょっと動くだけで太ももがチラチラ見えるし、上半身の動きに服が引っ張られようものなら、たちまち半裸と化すだろう。

自信満々に問題ないと告げるが、今の三上さんの装備はあまりにも心もとない。

なぜそれを危惧(きぐ)しているのが本人を除いた俺だけなのか不思議でならない。もう少し恥じらうというのが一般少女に相応(ふさわ)しい反応だと思うのだが……。

「単純な疑問なんだが、なんで下着の用意をして、普通の服を用意してないんだよ」

「下着さえあれば着替える必要があってもなんとか乗り切れると思ってました。ほら、大は小を兼ねると言いますし」

「小を兼ねてないからこんな危ない状況になってるんだが⁉」

「……まぁ、いいじゃないですか。別に見られてもいいので……お構いなく」

結局こうなるのか……。

本当に無防備すぎて……眼福通り越してもはや目に毒だ。

「桐島さん、桐島さん」

「嫌だ」

「……まだ何も言ってないのですが」

「どうせまた無茶ぶりするんだろ？　声のトーンで分かる」

「無茶ぶりとは失礼な。ですが、今日の桐島さんは罰ゲームで執事さんになっているので、断るという選択肢はありませんよ？」

くっ、そうだった。

俺がどれだけ拒んでも、三上さんには拒否返しと改変がある。

抵抗は無駄か。大人しく受け入れて問答を省いた方が楽なのかもしれない。

「……なんですか、お嬢様」

「髪を乾かしてほしいです」

「……まぁ、それくらいなら」

正直、拍子抜けだ。

また激しい無茶ぶりをされるもんかと思っていたが、思ったより軽めだな。

一瞬、そう感じてしまった自分に驚いた。

（……いや、軽くはないけどな）

確かにマッサージやほぼ一緒にお風呂と比べるとかわいいもんだが、それでも女の子の髪を任されることには変わりない。

なるほど。これがドア・イン・ザ・フェイスの真髄か。要求値の高いものから低いものになった時、自然と受け入れてしまう。

それくらいならいいか、という譲歩を見事に引き出されてしまった。

まぁ、俺の場合は要求値の高いものでも、三上さんの巧みなごり押しで受け入れざるを得ないわけだから、実はあまり関係ないが。

ドライヤーを持ってきて、準備をして、どういう風にやろうか少し悩んでいると、三上さんに呼ばれた。

「桐島さん、早く座ってください」

「……まあ、いいけど」

「ちょっと足を開いてください」

「ん……」

「では、失礼します」

ソファに座らされ、足を開くよう指示された。

一体何を企んでいるのやらと勘繰ったのも束の間、三上さんは俺の足の間に腰を下ろし、ぽすっと身体を預けてきた。

「あの……やりにくくね？」

「お構いなく」

「……そうかよ。じゃあ始めるぞ。なんか問題があったら……俺の足を叩いてくれ」

正直、少しだけ油断していたので、急な密着に少なからず動揺している。

近いし、シャワー浴びたてでホカホカしてるし、同じシャンプーを使ってるからか匂いも一緒だし……意識しすぎるとまたやばいことになりそうだ。

そうなる前に、ドライヤーの電源を入れ、三上さんの髪に指を沈めていく。

爪を立てないようにソフトタッチを意識して、頭皮を優しくなぞりながら温風を当てる。

「桐島さんの指……気持ちいいです」

「そうかよ。それは嬉しいがあんまりもたれかからないでくれ。近いとやりにくい」

「気持ちよすぎて力が抜けていきます」

完全に脱力した三上さんが、俺の身体を椅子の背代わりにしてくる。

別に重たくもないし、それ自体はいいのだが、後頭部が非常に乾かしにくい。

「シャキッとしてくれないなら耳ばっか虐めるぞ。いいのかー？」

「あっ、ちょ……それは、卑怯……あっ」

シャワー時に暴いた弱点を責めると、三上さんの身体は跳ねる。

身体が浮いたことでスペースができたので、その間に後頭部もしっかりと乾かしていく。

「──────」

その際に、三上さんが何やら呟いた気がするが、ドライヤーの音でかき消されてよく聞こえなかった。

ただ……かきあげた髪からのぞいたかわいらしい耳が、真っ赤に染まっていたのは、きっと気のせいじゃないはずだ。

三上さんの髪を乾かし終えた……が俺は動けずにいる。

リラックスモードに突入した三上さんが、変わらず俺を背もたれにしてくるからだ。

まぁ、今すぐ立ち上がる用事もないし、こうしている分には構わないが、相変わらず近いなぁとしみじみ思う。

「一応聞くがそこからどく気は？」

「ありません」

あまりにも早い即答。

そして俺の胸に寄りかかる三上さんの背中の圧から、絶対に立ち上がるもんかという強い意志を感じる。

マッサージで多少和らいだかもしれないとはいえ、あんまり踏ん張ったりするとまたピキる可能性もあるのに……よく頑張るね。

三上さん軽いし、押し返せばどうにでもなるが……まぁ、せっかくだ。もう少しだけ付き合ってやるか。

「週明けはテスト返しだな」

「そうですね。合鍵を貰うのが待ち遠しいです」

「もう勝ったつもりかよ」

「桐島さん、もう忘れてしまったんですか？　何かが賭けられている時の私は……とっても強いんですよ？」

「……すげぇ説得力があるな」

何気なく話を振ったのはテストのことだ。

次に待ち受けているのは結果発表。学生が一喜一憂するテスト返しというイベントだ。

俺の親はテストの点でどうこう言ってくるわけでもないので気は楽だ。確かクラスではテストの点が悪いと小遣いが減らされると言っていた人もいる。各家庭の方針次第では、ただのテストとはまた一味違った意気込みを持って臨んだ生徒もいるだろう。

そういう一喜一憂とは無縁の俺だが、三上さんとのテスト勝負が待っている。

相変わらず自信満々の三上さん。その自信の理由にはものすごく説得力があり、思わず黙らされてしまった。

今まさに執行中である罰ゲームを賭けた球技三本勝負。それに圧倒的敗北を喫したから、今俺は三上さんの執事として、わがままを聞かされている。

もちろん俺は手を抜いていない。三上さんに罰ゲームを与えるために全力で取り組んだ。

だが、三上さんは強かった。男女の体格差などものともせず、俺をストレートで下して、罰ゲーム執行の権利を手にした。

そのことを思えば、テストも同じかもしれない。

俺の家の合鍵という三上さんが欲しているものが賭けられていて、テストの点数で勝負。うん、状況は大体一緒だな。

気になるのは……その意味不明な理論で行われているドーピングが、三上さんにどんな反動をもたらすのかだ。

「でもそのドーピングですごい筋肉痛になったじゃん？　テストの方もなんか反動ある

の？」

「ドーピングではないのですが……そっちはどうでしょう？　今のところないと思います」

「まぁ……三上さん普通に頭いいしな」

三上さんが謎パワーを発揮させる前からそれは分かっていたことだ。今回のテストに対する自信も、順当に実力を発揮したことによるものだろう。

テスト返しはこれからだが、三上さんの自信満々な様子を見てると勝てる気がしなくなってくるな。もはや勝ち負けにそこまでこだわりはないので別にいいが。

「桐島さんは勝ったら私に何を言うつもりだったんですか？」

「……まだ秘密だ。勝ったら打ち明けるし、勝てなかったら言わない」

「では、聞くことはできないと言うことですか。残念です」

勝利宣言もここまでくるといっそ清々しいな。

俺だってそれなりの手応えはあったから、そんな負け確定の勝負ではないはずなんだが。

と、俺が押し黙ってしまったことで、しばし沈黙が流れる。

この無言の時間も、三上さんとならば決して苦ではない。

「……ひとつ気付いてしまいました」

そんな互いの息遣いと時計の針が進む音だけが聞こえる時間を破ったのは三上さんだ

った。もぞもぞと身じろぎした三上さんが何やら口にしようとする。

また変な思い付きで辱めを受けそうだったらなんとかしてその口を塞いでやらねばと思っていたが……果たしてその内容やいかに。

「このままブランケットをかけて眠ったらとても気持ちいいのではないでしょうか？」

「……それは無理があるんじゃないか？」

「実は昨日も身体が痛くてあまり眠れなかったので……ちょっとお昼寝したいです」

「聞いてる？」

「聞いてますよ。桐島さんは快く枕になってくれるんですよね？」

「俺、今の流れでそんなこと言ったか？」

「はい、それはもう、声高らかに、ばっちりと」

嘘つくなよ。そんなこと一言も言ってないぞ。どっからその幻聴きてるんだよ。

まあ、確かに三上さんのバキバキな身体だと相当寝つきが悪かったのは分からなくもないが……そういう理由で昼寝したいならせめて布団と枕の質は考えるべきだろ。

俺を布団と枕にしようとするな。硬いし安定しないし寝にくいだろ。

「さすがにほぼ座ったままだと大変だろ。俺がどくから寝るならソファで寝ろよ」

「いえ、お構いなく」

「お構いなくって……こんなバランス悪いとこで寝れないだろ？」

「お構いなく」

「……って言ってもなぁ」

　座った状態で寝るというのは意外と難しい。俺を間に挟んでいるから安定しないし、体勢が崩れた時のことも考えるとおススメはしない。というか普通に拒否したい。

「安定感がないというなら……こうすれば解決です」

「……おい？」

「もっと強くしてもいいんですよ？　ぎゅっと、お願いします」

「……三上さんは逆にそれでいいの？」

「はい、お構いなく」

　三上さんがぺたぺたと何かを探すように手を動かす。

　そして、その手が掴んだのは……俺の手だった。何をするつもりなのかと訝しんでいると、三上さんは俺の手を引っ張り、身体の前で交差させた。

　まあ、つまり……抱き締めるような形で支えろというお達しですね。

　車でいうシートベルト的なアレだ。これも今更だが……本当にいいのか。

　なんて、羞恥心や警戒心、距離感など色々おかしい三上さんに聞くのは野暮だったか。

「温かいです。桐島さんのシャンプーを借りて、桐島さんの服を着て、桐島さんの腕に包まれて……今の私は実質桐島さんと言っても過言ではありません」

「いや、それは過言すぎる」

「ふわぁ……最高に落ち着きます……。もう寝ちゃっていいですか？」

「ありがとうございます。では、ちょっとお昼寝させていただきます。おやすみなさい」

「ダメ」

まったく。本当に人の話を聞かないし、都合のいいように改変するお嬢様だな。

やりたい放題好き勝手しやがって。これで後から寝心地が悪かったとか文句言い出したらお仕置きしてやるからな。


俺の腕の中で三上さんが安らかな寝息を立て始めるまで約三秒。おやすみなさいの挨拶からあまりにも早すぎる夢の世界への旅立ちに啞然（あぜん）としながら、流されるまま陥ってしまったこの状況に天を仰いだ。

天井の木目を数えながら、ぼーっとしている。だが、あまり考えないようにしていた、三上さんの温もりがじわじわと襲ってくる。

本当に温かい。この温もりが、今確かにこの腕の中に三上さんがいるという情報を脳に送り込んでくる。少し、ほんの少しだけ腕を締めると、女の子特有の柔らかさが伝わってくる。

（どうしてそんなに無防備なんだよ……）

今日一日……いや、時間的に言えばまだ半日も経ってないか。それなのに、その短時間でどれだけ俺の心臓は鼓動（こどう）を刻んだのだろう。

落ち着ける暇などありやしない。それくらいに三上さんの存在が眩しい。

マッサージさせて、目隠しをしていたとはいえ俺の前で服を脱ぎ、シャワーでは頭だけでは飽き足らず身体まで洗わせようとするし、四捨五入したら全裸みたいな格好でも平気だし、髪を乾かしてと甘えてくるし、俺の上で安心しきって寝るし……俺の理性は揺れっぱなしだ。

三上さんの言動一つ一つに攻撃判定があったのなら、今日だけで俺は軽く五十回……いや、百回は死んでるだろうな。

それくらい激しい猛攻だった。でも……それだけ俺は許されている。

三上さんの特別を享受する特権を与えられている。

普通の女の子ならば気を許してない者にこんなことはさせない。

ましてや人前で眠るというのはよほど緊張が薄れている、安心と信頼の証だ。まぁ、三上さんの場合人前ではなく人の上なんだが……。

(それだけ俺にすべてを委ねてもいいって、思ってくれてるってことだよな……)

本当に今更だが……光栄なことだ。

三上さんが心の底から甘えられる、無条件の信頼を俺に向けてくれているのなら……なるべく応えてあげたいよなぁ。

……ま、ずるずる流されてるうちは大丈夫か。

口ではあれこれ言っても、最終的に押し切られて受け入れてしまうのは……きっとそれが嫌ではなく、むしろ好ましいと思っているからだ。

三上さんがきっと俺に心を許してくれているように、俺だって心を許してる人にしかこんなことはしない。

「……あっつい」

三上さんの温もりと、諸々の自覚によって跳ね上がった心臓が、みるみる俺を沸騰させる。

ブランケットなんて掛けた暁には……心身ともにまたオーバーヒートしてしまいそうだ。

俺の心臓がうるさくて、三上さんを起こしてしまったら嫌だなぁと思いながらも、三上さんのことを考えると自然と早く刻んでいく鼓動に困ってしまう。

くそ……こんな時でも俺は三上さんに振り回されるのか……。

そう思うと少し悔しい。

（……俺ばっかり、ずるいだろ）

だから俺は……腹いせに三上さんのことを、さらに強く抱き締めた。せめて夢の中でいいから、俺の十分の一くらいはドキドキさせてやりたい。そんな僅かばかりの反抗を込めた仕返しだった。

幕間　三上さんは反撃に弱い

心地よい圧迫感。

落ち着く匂いと温もりに包まれて目を覚まして、あくびをひとつこぼします。そうして伸びをしようとしたところで身体が固定されて動かせないことに気付き、私は桐島さんに抱き締めてもらっていたことを思い出しました。

（……すごい。この後ろからぎゅっとされてる感じ……やみつきになってしまいそうです）

回された腕と背中をぴったりと覆う桐島さんの身体と、桐島さんからお借りした服、使わせてもらったシャンプーなども相まって、どこからでも桐島さんの匂いがして全身包まれているような感覚がします。

そして、以前桐島さんのベッドに忍び込んだ際にも同じことを思いましたが、男の人の力で抱き締められ、逃げられないというこの状況に……少しばかりゾクゾクしてしまうのは、きっと仕方のないことでしょう。

「あ、起きたか？」

「……ひゃ、おはようございます」

「おう。いい夢は見れたか、お嬢様？」

「あっ……は、はい。とても快適で、落ち着いて、ずっとこうしていたいです」

　私がもぞもぞと動いたからか、桐島さんは私が起きたと知り、声をかけてきます。その声がちょうど耳元で囁かれているようで、吐息が当たる度に反応して声が上擦ってしまいます。

　寝起きからなんて素敵なＡＳＭＲなんでしょうか。いたれりつくせりで耳が幸せです。

「じゃあ……このままここにずっといるか？」

「ふぇっ？」

「三上さんが言ったんだろ？　ずっとこうしていたい……って」

「それはっ……言葉の綾と言いますかっ、たとえと言いますか……」

「じゃあ、どうする？　離してほしい？」

「……そんな聞き方、ずるいじゃないですか……」

　ちょっとＳっ気の混じった桐島さんの囁きが耳を揺らす度に、身体が火照り始めます。

　桐島さんに包まれて眠るという私が望んだ状況を、私の意思で止められない現状。すごくドキドキします。

「あの……そろそろ離してくれてもいいですよ？」

「ん？　お構いなく」

「えっ、あっ……」

「聞こえなかったか？　お構いなくって言ったんだ」

「んっ……」

すごい……本当に離してくれません。

それどころかさらにぎゅっとされて……ずっと耳元で囁かれているのもあってどうにかなってしまいそうです。

桐島さんにはバレてしまいましたが……私は耳が弱いみたいです。

もしかして……分かった上で意地悪してるのでしょうか？

「あ、あのっ……耳元で囁かれるのっ、そろそろ限界です」

「……お構いなく」

「ひゃんっ」

フッと息を吹きかけられて変な声を上げてしまいます。

まるで支配されているかのような状況に、私の目と頭はもうぐるぐるです。

「なんてな。ちょっとはドキドキしたか？」

「……ふぇ？」

本当にこのまま。もうこのまま離してもらえずに……なんて思っていると、桐島さんの腕がフッと緩み、声もいつもの感じに戻りました。

「えっ……え？」

「今日は三上さんにやられっぱなしで癪(しゃく)だったからな。ちょっとした仕返しだ」

いつもの優しい声で桐島さんはそう言って軽く私の頭を撫でてくれました。ですが、すっかり放心状態で、腰も抜けている私は動けずに桐島さんにもたれ掛かることしかできません。

そんな私の肩を押し、私とソファの間から桐島さんは抜け出しました。今まで支えてくれていた桐島さんがいなくなり、私はポスッとソファに身体を沈ませ、桐島さんに見下ろされることになります。胸がキュンと高鳴りました。

桐島さんの、してやったりと言いたげな少し意地悪な表情から目が離せませんでした。

でも……こんな意地悪だったらまたされたい。なんて思ってしまう私は……実は結構単純だったりするのでしょうか。

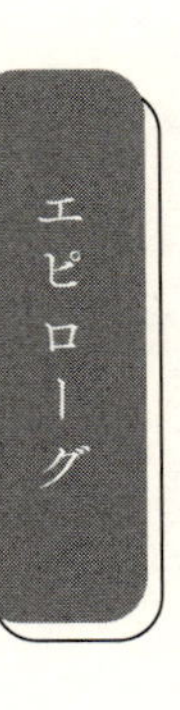

エピローグ

五月末の中間テストを乗り切って六月を迎えることになり、時の流れは早いものだとしみじみと思う。高校生になってからもう二カ月が経とうとしていると意味でもそうだが……。

「……な、なんですか、そんなにじろじろと。私の顔に何かついてますか？」

「あ、いや……悪い」

「怪しいですね。白状してください」

「……三上さんと出会ってから結構経ったなと思ってな」

三上さんと出会ったのが四月の半ば。それから怒濤の勢いで俺のぼっち生活は脅かされ、こうして三上さんが俺の家にいることに何の疑問も抱かないくらいにはすっかり侵略されてしまった。

あっという間だったな。三上さんと出会う前の俺に、これからベストスポットは超かわいい美少女に半分奪われるし、その女の子が自宅にも侵略してきてほぼ毎日一緒に過ごしていると言っても信じてもらえないだろう。それくらい今のこの当たり前は、奇跡のような出来事だ。

「なるほど。確かにもうそんなになりますか」

俺を問い詰めるために真剣な表情をしていた三上さんだったが、俺が思っていたことを白状したら懐かしむように微笑んだ。

二カ月に満たない時間だが、長いと取るか短いと取るかは人それぞれ。言葉のニュアンス的に三上さんも短くない時間だと思ってくれているのだろうか？

「桐島さんと一緒に過ごすようになって、本当に毎日楽しくてあっという間な日々でした。ご迷惑でなければ今後もよろしくお願いします」

「照れること真顔で言うなよ。それに……迷惑なわけあるか」

「それはよかったです」

三上さんは意外とわがままで、強引で、好き勝手やる節はあるが、それでも俺が受け入れているということは、きっとそれは嫌ではないということだ。

本当に迷惑ならば三上さんの駄々が通じないほどにちゃんと拒むだろう。それが通用するかはまた別の話だが……俺だって嫌なことは嫌だと言えるし、迷惑ならば迷惑だと言える……はずだ。

「ちなみに興味本位なんだが、もし迷惑だと言ったらどうするつもりなんだ？」

「桐島さんの家の前で三日三晩泣きわめきます」

「あの……迷惑じゃないから安心してください」

なんだろうな。冗談だと思うが、この子の場合やりかねないとも思ってしまうな。

あまりの迫真の返事に思わず敬語になってしまった。

まあ、なんだかんだ俺も三上さんにずるずる流されている身だ。恋人ではない男女としての距離感もすっかりおバグりあそばしている次第だし、三上さんを拒むなんてことは早々ないだろう。むしろ俺の方が拒まれないかヒヤヒヤしている。

「ところで話は変わりますが、今日から夏服移行期間ですね」

「まだ夏ってほどじゃないけど、暑い日は暑いよな。今日は涼しいけど。三上さんは……今日は夏服か？」

「はい、おろしたての夏服ですよ。どうですか？　感想の一言や二言……いえ、三十言くらい言ってくれてもいいんですよ？」

「多いな、おい」

いつもと雰囲気が少し違うのは彼女の纏(まと)う制服が夏服に移行しているからだろう。夏服は冬服と違って半袖だ。短くなった袖丈の分肌の露出が多くなっている。こうまじまじと見ると……直視できない何かがあるな。

まあ、でも……三上さんのとんでもない薄着にはもう慣れているから、今更腕とかの肌面積が増えたくらいでは動じない。いや、嘘(うそ)です。ちょっとは動じるけど……三上さん慣れしているからこの程度のドキマギで済んでいると言っても過言ではない。

「何も言ってくれないんですか？」

「かわいい」

「もう一回」

「……かわいい」

「もう一回」

「………」

「あと、二十八回お願いします」

「ガチで三十言ほしいの？」

「はい。男に二言はありませんよね？」

　別に三十言ほしいという要求に了承した訳ではないので二言もくそもないのだが……どうせ三上さんの頭の中では都合のいい変換が行われて、俺が快諾したことになっているのだろう。

　夏服を身に纏う三上さんに対する感想はとにかくかわいいしかないのでそれを言うことになるが……強いて言うならば、そうだな。

「まあ、冗談抜きで三上さんはかわいいよ。夏服もすごく似合ってて魅力的だ」

「ふぇっ。きゅ、急にすごい褒めますね……」

「でも、その分周りからも見られることになると思う。三上さん割と無防備なところあるから、気を付けろよ？」

「なるほど……それは確かに。肝に銘じておきましょう。あと、私が無防備なのは、桐島さんの前だけです」

正直、若干物足りないと贅沢なことを思ってしまったとはいえ、三上さんの夏服姿は眼福だ。女子の刺激的な姿ということで、ハイになる男子生徒もいるだろう。

できれば他の奴らに見せないでほしい。

でも、いずれ夏服に完全移行しなければいけない。

そんな俺の身勝手な想いを隠した警告に、三上さんは……欲しい言葉をくれる。付き合ってもない俺に、特別を与えてくれる。それが、とても温かい。

「へくちっ……失礼」

「かわいいくしゃみだな」

「桐島さんに見てもらいたくて夏服にしましたが……今日は少し寒いですね」

夏服にした理由がいちいちかわいすぎる。

でも、今日は昼過ぎまで気温が上がらなそうだし、冬服の方がいいんじゃないか？

「まだ時間あるし、一回着替えに戻るか？」

「……いえ、桐島さんで暖を取るのでお構いなく」

「構うが？」

「構いません」

「構えよ」

「お構いなくったらお構いなくです」

そう言って三上さんは立ち上がり、ソファを指さして俺を見つめている。

なにをしたいかは予想がついた。朝からとんでもない羞恥プレイだなおい。

でも……呆れながらも立ち上がってそちらに足が向いているということは……きっとそういうことだ。

「ほれ」

「お邪魔します」

なんの躊躇もなく俺を背もたれにして座ってくる三上さん。この前のこれが随分と気に入ったみたいだ。

そうしてしばしもぞもぞと動いて体勢を調整し、満足いく姿勢で安定したら脱力した。おろしたての夏服シャツが、さっそく皺になりそうな予感がする。

「やっぱりいいですね、これ。私の椅子を桐島さんにしてもらえないか担任の先生に直談判してみましょうか？」

「……とち狂ったこと言うのやめてくれない？」

「やはり厳しいですか。では、逆転の発想で私が桐島さんのひざ掛けとして申請してみるのはどうでしょうか？」

「うん、却下されるね」

「やってみないと分からないじゃないですか」

「分かるわ！　人間はひざ掛けにはなれません！」

なーにが逆転の発想だよ。三百六十度回転して元に戻ってるじゃねーか。

そもそもクラスが違うんだから諦めろ。あと、単純に学校でこれをする勇気はない。最悪俺が退学することになる。

「学校指定のひざ掛けは落ち着いた色の物ならいけるはずです。私……そんな派手じゃないと思いますよ？」

「確かにルールはそうなってるけどさぁ、三上さんはひざ掛けじゃないでしょ？」

「頑張ればなれます」

「なれません」

「……そうですか。今日は諦めます」

今日は、じゃなくて普通に諦めてくれ。

俺を椅子にするのも、三上さんがひざ掛けになるのも不可能だから。

「ところで桐島さん、先程から手がお留守ですが……ちゃんと温めてください。しっかり温めてもらうまで私はここをどきませんよ。遅刻も辞さない覚悟です」

「……この不良娘め」

「ひぁっ、耳は違います。そこはもう温かいです」

「どうかな？　ちゃんと温まっているかもう一度確認してみるか」

「ひ、卑怯です。ガードです」

手がお留守とは言われたが、何をしてほしいかまでは言われていない。

だから、自己判断で三上さんの耳を温めることにしたが、両手で耳を塞がれてしまった。

仕方ないので耳を温めるのは諦めて、三上さんの前で手を交差させる。

視界に俺の両手が入り、安心したのか三上さんは耳から手を離して、俺の手に重ねた。

まるでそこから動かすなと告げているようだった。

そして——結局遅刻ギリギリまで粘られたのは、もはやご愛嬌だろう。

テスト返し、夏服、浮いた話。

どこから仕入れてきているのか不思議に思うような話などに耳を傾けながら、次の授業の準備を進める。

高校生活にもかなり適応した頃だ。そして、高校デビューに浮かれた陽キャ共が、恋人欲しさに『ちょっとカッコいい』『とりあえずキープ』みたいな軽いノリで入学早々付き合い出して、時間の経過とともに落ち着いてきて別れ始める季節だ。やっぱり合わない、部活動が忙しくて遊ぶ時間がないとかそれっぽい理由もあるにはあると思うが……まあ、八割くらい俺の偏見と私怨だ。

学生の口は基本的に軽い。

特にそういう交際関係の話題はクラスの垣根を越えてあちこち飛び交う。違うクラスの誰々が別れたとかそういった話を面白半分で広めていくお調子者もいるだろう。相変わらず教室で空気になっている俺の耳にも、そういった話は入ってくる。

恋人……彼女か。

入学する前は高校こそは絶対に彼女を作って青い春を満喫し尽くすと声高に宣言していたような気もするが……今となってはどうだろうか。

とりあえず言えるのは一つか。現時点で彼女と呼べる――確実に言い切ることができる存在は俺にはいないが……どこかのかわいい侵略者さんのおかげで、どの陽キャ達よりも青春を謳歌している自信がある。

別に張り合おうとは思ってないが……勝ったな。ざまあみろ、陽キャ諸君。

なんて虚しい勝ち誇りでややご機嫌でいると、ポケットのスマホが震える。

休み時間におけるスマホ使用は許されているので取り出して通知の内容を確認してみると、案の定というか三上さんだった。

『寒いです。助けてください』

なるほど。それを覚悟で夏服特攻したんじゃないのか?

一応俺は着替えに戻ることを進めたはずだが……それを『お構いなく』したのは三上さんだ。つまり……自業自得。よし、見なかったことにしよう。通知切ってて気付かなかったといえば乗り切れるだろう。

そうしてスマホをしまおうとしたところ再度震えた。

『今未読無視しようとしましたね。そういうのはいけませんよ』

「うわ、こわ……」

次のメッセージに少し恐怖を覚えた。

思わず声に出してしまって、近くにいたクラスメイトに聞かれてしまって少し気まずい。え、なに……もしかして近くにいる？

そう思って、廊下の方をチラチラ見てみるも三上さんの姿は見つからない。

なにこれ、ホラー？

『ちなみに私は自分のクラスにいるのでそんなに廊下を見ても私はいませんよ？』

なんで三上さんは俺の反応を的確に把握しているのだろうか？

怖すぎる。なんか俺も寒くなってきたから早退しようかな。

『ダメです』

とりあえず怖いので電源切ることにした俺は悪くないと思いたい。

うん、何も見てない。見てないったら見てない。


昼休み。若干恐怖しながらスマホの電源を付けると、各休み時間の度に三上さんから通知が入っている。

そして、ちょうど新しいメッセージ通知がやってくる。

『覚悟はできましたか？』

い。

うん、できてないね。

いったいなんの覚悟をすればいいのか見当もつかないが、とりあえず覚悟はできてない。

『首を洗って、身体を温めて待っててください』

うーん。首を洗って待て……か。

もしかしなくても三上さん……相当怒ってらっしゃる？

『激おこです』

なんで俺の思考を読んでメッセージ送ってくるんだよ。

でも……激おこってかわいいな、おい。

とりあえず行くか。覚悟は決まってないし、首も洗ってなければ、身体も温めてないが……まあ、なんとかなるだろ。

外に出て、いつもの場所に向かう。

やはり昼過ぎくらいから気温が上がる予報だったので、昇る太陽の主張が激しいな。

これなら冬服だと少し暑いくらいで、むしろ夏服くらいでちょうどいい気もする。

ブレザーを脱いでベンチに座って陽の光を浴びる。身体がじわじわ温まり、たまに吹き抜ける風が気持ちいい。

そうしていると頬を膨らませた三上さんのお出ましだ。遠目でも分かるくらいにはほっぺがぷっくりしている。これが三上さんの激おことは……思ったよりも怖くないな。

「何か言うことはありますか？」

「そんなにほっぺた膨らませてもかわいいだけだぞ」

「かわっ⁉」

率直な感想を告げると三上さんは恥ずかしそうに持ってきたお弁当箱の包みで顔を隠した。

それもまたかわいい。

「むぅ……今回は見逃してあげます。次はありませんよ」

なるほど。こうすれば機嫌が直る……と。

そもそも怒らせるなという話だが、今度また怒らせてしまったらこの手でいこう。

「おや、ちょうどいいところにブレザーが落ちてますね。お借りします」

「落ちてるって……まぁ、いいけどさ」

三上さんは俺が脱いだブレザーを手に取った。それをいそいそと着込んで暖を取るつもりか……と思っていたのも束の間、それだけでは飽き足らず、俺の足をこじ開けて間に座ってきやがった。

「ちゃんと温めておいてくれたみたいですね。ポカポカです」

「……別に意図したわけじゃない。たまたまここの日当たりがよかっただけだ」

まさか学校でもこれをやる羽目になるとは……。バレたらあっという間に広まるからあまりリスクのある軽率な行動はやめてほしいんだが……不機嫌から一転してこれほど上機嫌な三上さんを咎めるのはどうにも気が引ける。

ちなみに雰囲気に流されていると言い換えることもできる。

「ちなみにどうでした？　私の先読み、当たってました？」

「ああ、軽くホラーだったよ」

「桐島さんのことなら大体なんでもお見通しですよ」

「へぇ……じゃあ今俺が何を考えているか当てれるか？」

三上さんの先読みメッセージは本当にすごかった。頭の中を覗かれているかのような
メッセージ通知はまじで怖かった。

でも、それもたまたまだろ。そろそろ外れてもおかしくないはず。

だから三上さんにふっかけてみた。俺が考えてることを当てるちょっとした遊びだ。

「そうですね。桐島さんのことなので……何も考えてない、というのが正解でしょうか？」

「……なんで分かるんだよ」

「言ったじゃないですか。あなたのことなら……大体分かるんですよっ」

首を反らして俺を見つめてくる三上さん。

しっかりとひねくれた俺の思考も把握しているのか、見事に言い当てられてしまった。

ちょっとドヤ顔なのがムカつくがかわいい。

「では、見事言い当てた賞品として、このブレザーはもらっていきます。あ、ちゃんと

お返しするのでご安心を」

「……別にいいけど、俺のだってバレるなよ？」

「善処はします。善処は……ね」

言い方がしない人のそれなんだが。

「そのブレザーが俺のだってバレたら大変なことになるんだからな？」

「その時はその時です。諦めてください」

「おい」

「さて、お昼ご飯にしましょうか。今日の卵焼きは自信作なんですよ。食べますか？」

「……食べる」

なんか上手いこと話を逸らされてしまったが……まぁ、いいか。

このあすなろ抱きを強制されるのも、サイズが合わないブレザーを持っていかれるのも割とリスクがあるが……三上さんの美味しい卵焼きで手打ちにしてやることにしようか。


こうして何日かに掛けて各教科のテスト返しが行われていき、俺も三上さんも今日ですべてのテストが返却される予定だ。

先生に呼ばれ、受け取った答案を握りしめて席に戻る。

点数は惜しくも三桁に届かないながらも、九十点台後半の九十七点。

国語のテストは割と自信があったのだが、ケアレスミスで満点を逃してしまっていた。

三上さんとの勝負は、主要教科の合計点で行われる。

国語、英語、数学、日本史、世界史、化学基礎、生物基礎の計七科目での勝負だ。

俺はすでに三つテスト返却を終えていて、日本史と化学基礎、生物基礎は満点だった。

だが、この国語でついに全教科満点の目を逃してしまった。

たかが三点。三上さんとの勝負はまだ分からない――なんて甘いことは思っていない。

席に着いて、くしゃっとしてしまった答案を開いて、唯一丸を付けられなかった解答欄を睨(にら)みつける。しかし、どれだけ答案を睨みつけても点数は変わらない。

先生は全生徒の答案のコピーを取っていて、解答を書き換えるなどの不正はすぐにバレるようになっている。そんなことするつもりはさらさらないが。

まあ、何が言いたいかというと、この落としてしまった三点は恐らく致命的な減点だ。

今日の放課後には結果は明らかになるだろうが……俺はこの時点で、なんとなく敗北の予感を噛みしめていた。

テスト返却が終わった後は、難しかった部分の解説などが行われていたのだが、思ったより悔しさに苛(さいな)まれていた俺は、ありがたい解説を右から左に聞き流して、心ここにあらずといった様子で授業時間が過ぎるのをただただ待っていた。

昼休みはいつも通りだった。

どうせ放課後になったら俺の家で勝負の結果を発表することになるのだから、俺も三上さんもテストの話題は口にしなかった。

だが、三上さんから溢れ出る自信というか、美少女オーラというか、正のオーラに磨きがかかっている気がした。三上さんと出会う前の陰気をこじらせていた俺だったなら二秒くらいで跡形もなく浄化されるんじゃないかって思ったほどだ。

そうしてその日の授業を終え、三上さんと共に帰宅し、リビングにて臨戦態勢に入る。

手札は互いに七枚。総力戦だ。

「では一枚ずつ公開していきましょうか」

「一枚ずつの必要あるか？　合計点でよくね？」

「分かってませんね。こういうのは一枚ずつ公開していって、開く点差、埋まらない点差などのスリルを味わうものなんですよ？」

「そういうもんか？」

「そういうものです。では、国語からいきましょう」

そう言って三上さんは国語のテスト答案を表向きにした。三桁満点の数字が主張している。

やはりというかなんというか……予想はできていても複雑な気持ちだ。

ため息を吐きながら俺も国語の答案をオープンする。この時点で差があるのは致命的だな。

「あ、えー……その、そういう日もありますよ？」

「慰（なぐさ）めるの下手か」

　勝者が敗者にかける言葉はないと言うが、そんなあちらこちら目を泳がせながら言われてもあまり心に響かない。というか別に九十点台後半は慰められるような点数ではないのだ。三上さんのこの反応が、俺の予想を確信へと押し上げる。

「もういいだろ？　まどろっこしいのはやめにしよう。三上さんは全教科満点か？　はいかＹｅｓで答えてくれ」

「選択肢ないじゃないですか」

「他の選択肢はいらないだろ？」

「それは……まぁ、そうですが」

　そう言って三上さんはすべての答案を公開した。三桁満点のみの完璧な答案に、三上さんの地頭やら勝負強さやらも含めたスペックの高さに本当に感心する。

　才色兼備。文武両道。完璧美少女だな。

　逆に何を持ちえないのか……。羞恥心（しゅうちしん）か？

「すごいな……学年一位か」

「合鍵のために頑張りました」

「あぁ……ドーピングね」

「ドーピングではありません。合法です」

「それにしたってなぁ……有言実行すぎるだろ」

賭けをしている時の三上さんが強いとは知っているが、まさかオール満点という最低でも引き分けの結果を携えてくるとは……。

初手国語オープンだから俺の負けが確定したが、他にもいくつか満点を逃した教科はあるため、どのみち勝ち目の薄い勝負だった。

「さて……敗北した桐島さんは勝者である私を褒め称える義務があります」

「……実際すごいし褒めるくらい別に構わないが」

「では、アタマヨシヨシ、キョリチカメ、ギューツヨメでお願いします」

「二郎コールみたいだな、おい」

どこぞのラーメン屋を彷彿とさせるコールに思わず笑ってしまいそうになる。要求されている内容は中々に距離感がバグってて笑えないが。

まぁ、それは後で忘れてなければやるとして……まずは三上さんのモチベーションとなった合鍵の贈呈か。

「ほれ」

「これは……」

「俺の家の合鍵だ」

「え……本当にくれるんですか？」

「……いらないならあげない」

った。
三上さんがこれのために頑張っていたのは知っているし、実際に勝負にも負けてしま
こう言っちゃなんだが、勝っても負けても合鍵は渡すつもりでいた。
「いらないとは言ってません」

だが、いざ鍵を前にして三上さんは困惑した様子で、俺と合鍵を交互に見ている。

なんか思ってた反応と違うな。三上さんのことだから喜んでその鍵をしまい、勢い余って合鍵の複製をしでかそうとするくらいはやってのけると偏見を抱いていたが……。

念願の合鍵を贈呈されたとは思えないくらい、しおらしいというかなんというか。手に取ることもせずに不安そうにしている。

「桐島さんは……私にこれを渡してもいいと、本気で思っているんですか？」

「まぁ、渡していいと思ってるかどうかで聞かれたら半々くらいだけど」

「半々っ⁉」

「だって三上さん……常識的な範囲で使うって約束できる？」

「まずはお互いの常識を摺り合わせるところからですね」

「……そういうとこだよ」

ここで約束できずに抜け道を探ろうとしてくるあたり、半々な理由がよく分かるだろう。

三上さんの常識はかなりぶっ飛んでそうなので、そこら辺に関してはもはや信用して

いない。いや、信用しているから諦めたのか。

「でも、一人暮らしだと何かあった時困るから、信頼できる人に預けとくのもアリかなと」

「信頼できる人、えへ、えへへ……」

「三上さんならすぐ気付いてくれそうだし、なんかあったら助けてくれよ？」

「そういうことなら任せてください」

まぁ、三上さんに合鍵を渡す一番の理由はこれだな。なんかあった時の保険として、現状一番信頼している三上さんに合鍵を預ける……という筋書きなら、俺の不安も塗り潰せる。

そうやって無理やり大義名分を与えてやると、三上さんは嬉しそうに合鍵を手に取った。

「では……確かに賭けの報酬はいただきました。大切に使います」

「おう。まじで常識的な範囲で頼むぞ？」

「……ちなみに夜這いは常識的な範囲に含まれますか？」

「普通に含まれないだろ」

「そうですか、含まれますか。それは安心しました」

不安しかないが？

しれっと都合のいい変換をしないでいただきたいのだが……しまったな。三上さんにはこれがあったか。常識を塗り替える得意技が。

「やっぱ返してもらおうかな……」

「っ！　それはできません。返品不可能です」

「じゃあ常識的な範囲で頼む」

「……善処はします」

「しないやつじゃん」

「善処した結果、深夜二時にお邪魔しようと思います」

そう言って三上さんは身体を寄せ、ヨシヨシを催促してくる。

分かってはいたことだけど……会話が成立しないな。

これが冗談なのか、本気なのか判断がつかないが……有言実行の三上さんのことだ。

もう何を言っても止まらないだろう。

まぁ、あれだ。こうなることを想定できた上で合鍵を贈呈してしまった俺の落ち度だ。

ある程度は諦めて受け入れて、潔く腹をくくろう。

そんな無力感に苛まれながら、三上さんの頭を撫でる。

今はそれが……一番の癒しだった。

あとがき

はじめまして、桜ノ宮天音（さくらのみやあまね）と申します。

この度は本書をお手に取っていただきまして誠にありがとうございます。

あとがき……毎度のことながら何を書けばいいか悩んでしまいますね。ユーモアのあるあとがきを目指して、書いては消してを繰り返して……結局は作品語りに落ち付いてしまうので、今回もそうしようかなと思います。

さて、さっそく本作の魅力について振り返っていこうと思いますが、まずはなんと言っても構成ですね。

ここまで読んだ方はお気付きだと思いますが、この作品……登場人物がとても少ないです。

ラブコメにありがちな親友ポジションの男友達だったり、メインヒロイン以外のサブヒロインだったり、そういった登場人物がほとんど出てきません。そうして余計な登場人物を可能な限り省（はぶ）き、まるで世界が二人だけであるかのように、彼らに焦点を当てた物語を展開するのがコンセプトでした。

そのコンセプトに従って、いちゃいちゃ甘々を盛り込み、お砂糖過多を目指して突き進んだ結果こうなりました。

個人的にですが、いちゃいちゃに邪魔が入ったり、妨害されたりする展開が好きではないので、そういうのを無しにしようと最大限努めました。

なので、二人の関係をかき乱すようなキャラもなく、安心して甘さに浸ることができましたね……！

そして、本作の魅力を語るのに欠かせないのは、やはりヒロインである三上さんでしょう。

お構いなく系ヒロインである三上さんが繰り広げる怒濤の侵略劇、いかがだったでしょうか？

魔法の言葉『お構いなく』を駆使して、ぐいぐいと攻めて攻めて攻めまくる三上さんの姿はまさに圧巻でしたね……！

今作の至るところで目にすることができた三上さんのパワーワードであり、本作のキーワードである『お構いなく』という言葉ですが、この一冊を読み終わる頃には癖になり、好きになった方も多いのではないかと思います。むしろそうであってほしいです(切望)。

三上さんとお構いなくについて語っているとあとがきが何ページあっても足りなくなってしまうので、このあたりでお構いなくということで謝辞の方に移らせていただきます。

　担当編集の儀部様。この度は多大なご支援を賜りまして、誠にありがとうございます。ラブコメジャンルは初心者ということもあり、分からないことばかりでしたが、親身になって相談に乗っていただき、とても頼りにさせていただいてました。

　本作のイラストを担当してくださったうなさか様。素晴らしいイラストでキャラに命を吹き込んでくださり本当にありがとうございます。

　今作を出版するにあたって、イラストをどなたに依頼するかという話が出た時に、『この方に描いてもらいたい！』と私が駄々をこね、編集さんに猛プッシュしたのがうなさか様でした。そのため、お話を引き受けていただいた知らせを受けた時は歓喜しました。

　うなさか様のイラストはどれも魅力的で、カバーイラストや口絵、挿絵などをいただく度に、あまりにも尊くて時間を忘れて眺めてしまいました……！

　うなさか様にイラストを担当していただけて本当に幸せです。重ねてお礼申し上げます……！

　また、本書に携わっていただいたすべての皆様、この場を借りて厚くお礼申し上げます。

　そして何より、本書をお手に取ってくださった読者の皆様には、どれだけ感謝してもしきれません。

数ある作品の中から、この作品を見つけてくださったことに最大限の感謝を……！
そして願わくは、また皆様とお会いできる日が来ることを心待ちにしております……！

桜ノ宮天音

挿画を担当させて頂きました うなさかです。
今作はひたすら「三上さん可愛い！」を
念じながらイラストを描かせて頂きました。
ぐいぐいくるタイプの子、好きです！
こんな学園生活良いなあ…。

本書は、２０２４年にカクヨムで実施された「カクヨムＷｅｂ小説コンテスト」でラブコメ（ライトノベル）部門大賞特別賞を受賞した「偶然助けた美少女がなぜか俺に懐いてしまった件について」を加筆修正したものです。

■ご意見、ご感想をお寄せください。

ファンレターの宛て先
〒102-8177　東京都千代田区富士見2-13-3　ファミ通文庫編集部
桜ノ宮天音先生　　うなさか先生

FBファミ通文庫

偶然助けた美少女がなぜか俺に懐いてしまった件について

1838

2025年1月30日　初版発行

◇◇◇

著　者　桜ノ宮天音
発行者　山下直久
発　行　株式会社KADOKAWA
〒102-8177 東京都千代田区富士見2-13-3
電話 0570-002-301（ナビダイヤル）
編集企画　ファミ通文庫編集部
デザイン　株式会社REVOdesign
写植・製版　株式会社スタジオ205プラス
印　刷　TOPPANクロレ株式会社
製　本　TOPPANクロレ株式会社

●お問い合わせ
https://www.kadokawa.co.jp/（「お問い合わせ」へお進みください）
※内容によっては、お答えできない場合があります。
※サポートは日本国内のみとさせていただきます。
※Japanese text only

ISBN978-4-04-738217-6 C0193

定価はカバーに表示してあります。

脇役に転生した俺でも、義妹（ヒロイン）を『攻略（しあわせに）』していいですか？

著者／としぞう
イラスト／Shakkiy

サブキャラ兄による妹ヒロイン救済!

気が付くと俺はあるギャルゲーの攻略ヒロインの兄に転生していた。サブキャラとして第二の人生……とか言ってる場合ではない。俺の妹・鈴那が救われるのは三年後——それなら今すぐ兄として鈴那を救ってやりたい!!

FB ファミ通文庫

悪役転生者は結婚したい

序盤のザコ悪役でも最強になれば、主人公でも攻略できないヒロインと結婚できますか？

著者／大小判
イラスト／江田島電気

破滅の未来から貴女を守り——生涯、愛しつづけます。

とるゲームに登場する序盤のザコ悪役に転生した俺。このままでは破滅ルートまっしぐらなので全力で回避し、安定と平穏の未来を手に入れようとするが、原作に登場する皇女に一目惚れしてしまい……。

VTuberの幼なじみと声優の幼なじみが険悪すぎる

著者／遊野優矢
イラスト／はな森

急募! ギクシャクした幼なじみを仲良くさせる方法

いまいちブレイクできないJK声優と声優になりたかったVtuberの幼なじみ。ギクシャクした二人の関係をなんとかすべく奔走する普通の高校生の主人公とのトライアングル・ラブコメ！